Helmut Zenker ✧ Kassbach

EINE BIBLIOTHEK DER ÖSTERREICHISCHEN
ZEITGENÖSSISCHEN LITERATUR

HELMUT ZENKER

KASSBACH

Deuticke

Deuticke

Umschlaggestaltung: Robert Hollinger
Druck: Wiener Verlag, Himberg bei Wien
Printed in Austria

ISBN 3-216-30160-5

(Personenbeschreibung.)
Reisepaß Nr. 34679, Serie F. Name des Inhabers: Karl Kassbach. Beruf: Gemüsehändler. Ort und Datum der Geburt: Neunkirchen, 4. April 1923. Gesicht: oval. Farbe der Augen: graublau. Farbe der Haare: meliert. Besondere Kennzeichen: keine.

(Was bekannt ist.)
Die Straße hat einen Namen. Das derzeit einzige Gemüsegeschäft in der Straße gehört dem Karl Kassbach, der nur der *Kassbach* und von ein paar älteren Kundinnen *Karli* genannt wird. Die beiden anderen Gemüsegeschäfte in der Straße hat er in den letzten drei Jahren mit sicherer Überlegung ruiniert. Jetzt bestimmt er allein die Preise. Der Kassbach hat eine Frau, zwei Kinder und ein Einfamilienhaus mit sechshundertdreiundfünfzig Quadratmeter Garten im Villenviertel der Stadt, wo ihn kein Mensch kennt. Der Kassbach hat immer, das ist bekannt und verläßlich, über Mittag offen. Anfang Dezember hat er einen Batterie-Krampus in der linken Auslage stehen, der mit der Rute in der Rechten gegen das Auslagenglas schlägt. Bei Kassbach kann man anschreiben. Vor elf Jahren hat er das kleine Kellergeschäft übernommen.
Die Storz, der einer der beiden jetzt geschlossenen Gemüseläden gehört hat, ist knapp vor Weihnachten aus ihrer Wohnung im zweiten Stock auf den Gehsteig gesprungen. Sie war sofort tot. In den letzten Wochen vor ihrem Selbstmord hat sie aushilfsweise bei Kassbach hinter dem Verkaufspult gestanden. Die hat nie eine Ahnung gehabt, sagt Kassbach. Er hält sich für tüchtig.
Im Sommer hat er die Obstkisten vor der Eingangstür in zwei Etagen schräg aufgestellt. In eine der Kisten hat ihm einmal ein Zwölfjähriger gespuckt, dessen Eltern er unverzüglich zur Anzeige gebracht hat. Seitdem hat er Kinder immer in Verdacht und geht regelmäßig die fünf Stufen zum Eingang hinauf, um eventuell vorhandene zu vertreiben. Kassbach verrechnet sich ziemlich oft zu seinen Gunsten. Jetzt ist Mitte Jänner.
Den im Bezirk immer zahlreicher auftauchenden Jugoslawen verkauft er am Hintereingang die schäbigen Salatblätter, die er früher

nur an Schildkröten besitzende Kinder hat abgeben können. Die kaufen mir sogar meinen eigenen Scheißdreck weg, sagt er bei einem Bier im Wirtshaus, das auf der anderen Seite der Straße ist. In der Bauhütte hinterm Wohnhaus, die nach der Fertigstellung des Hauses geblieben ist, hat er in ein paar Kisten Meerschweinchen. Ihre Vermehrung bestimmt er nach seinen zufälligen Einfällen. Mit den Meerschweinchen hat Kassbach einiges vor. Im April wird er einundfünfzig.

(Leopold B., 58, Gaststättenbesitzer:)
Da gibts überhaupt nichts zu sagen. Ihr Interesse ist mir egal. Der Kassbach ist ein Gast wie die anderen auch; einer von den angenehmen sogar, weil es nie Schwierigkeiten mit ihm gibt, wenn Sie es genau wissen wollen. Auskunft gibts bei mir nicht, ich bin kein Auskunftsbüro. Ein Bier können Sie gern haben, wenn Ihr Geld dafür reicht. Telefonieren müssen Sie von der Zelle aus; auf der anderen Straßenseite. Wechseln kann ich Ihnen. Von mir aus.

Kassbach dreht das Licht ab, zieht den Rollbalken zum Gehsteig und sperrt ab. Dann steigt er in den VW-Bus und fährt die paar Gassen weiter; zum Wirtshaus *Fuhrmann*. Erwin und Walter sind schon da, die mit ihm – wie jeden Donnerstag – zum Kegeln gehen. Kassbach trinkt einen Apfelsaft, während auf den vierten gewartet wird. Werner kommt um sieben. Früher haben sie hier vorher noch gegessen, aber die Küche ist in den letzten Monaten miserabel geworden.
Zwanzig nach sieben steigen alle unter dem gelb erleuchteten Wirtshausschild in Erwins Fiat, mit dem sie zum Hotel St. fahren, in dem im Keller vier Kegelbahnen nebeneinander sind. Eine ist an den Donnerstagen stets für sie reserviert. Der Oberkellner und das Serviermädchen sind neu: Jugoslawen. Das Serviermädchen ist um einen halben Kopf größer als der Kellner.
Bei der könnte man glatt vergessen, daß sie aus der Tschuschei kommt, sagt Erwin.
Die können sicher nicht einmal ordentlich Deutsch, sagt Werner.

Alle zwei nicht. Nächste Woche bedienen hier wahrscheinlich schon Pygmäen.
Der Kellner will sie zu einem Tisch in der Nähe der Bar führen. Er schiebt einen Stuhl weg und fegt mit seinem Tuch über den Tisch, der ohnehin sauber ist.
Bahn drei, sagt Kassbach, Bahn drei ist für uns bestellt.
Bahn drei ist besetzt, sagt der Kellner, der sehr gut Deutsch kann.
Ist aber bestellt, sagt Werner und berührt mit dem Zeigefinger seine eigene Nasenspitze. Jeden Donnerstag für uns bestellt.
Seit zwei Jahren, ergänzt Walter.
Tut mir leid, ich habe nicht gewußt, sagt der Kellner, der noch immer bei dem von ihm erwählten Tisch steht.
Tut mir leid! schreit Erwin. Tut mir leid! Uns ist das egal, ob es Ihnen leid tut. Scheißegal. Wir sind immer am Donnerstag hier: kapier das! Fordern Sie die Leute eben zum Gehen auf, die unsere Bahn besetzen.
Ich kann das nicht machen, sagt der Kellner und zieht sich zwei Schritte zurück.

Alle vier sind aufgebracht. Schließlich halten sie es für ihr gutes Recht, wie jeden Donnerstag von ihrer Kegelbahn Besitz zu ergreifen. Sie gehen hintereinander hinunter, zur Bahn drei. Chef ist heute nicht da! ruft ihnen der Kellner nach, der hilflos noch einmal mit seinem Tuch den Tisch säubert: Beim Tisch der Bahn drei sitzen ein paar junge Burschen. Einer von ihnen rülpst, nachdem er die Bierflasche, aus der er direkt getrunken hat, auf den Bierdeckel zurückgestellt hat. Das Serviermädchen, das gerade am Tisch vorbeikommt, macht einen empörten Blick.
Entschuldigung, ich wollte pfeifen, sagt der Betroffene, der jetzt die Bierflasche hochhält und mit einem Teelöffel dranschlägt. Erwin, der den größten Schwung hat, stoppt ab, als er sieht und begreift, daß die hier jünger und vor allem mehr sind. Zu viert stehen sie da, wie eine Basketballmannschaft, die hoffnungslos im Rückstand liegt, bei der Auszeit. Eine andere Bahn ist auch nicht frei. Walter macht einen Vorschlag, der angenommen wird, und sie verlassen den Hotelkeller. Beim Hinausgehen rempelt Erwin den Kellner, der zur Ausschank geht. Bodycheck, denkt Kassbach.

Im Fiat sitzt er hinten. Nach wenigen Minuten und zwei Ampelaufenthalten (Boxenstopp, sagt Walter) stellt Erwin den Wagen im Prater vor der Flipperzentrale ab. Während die anderen drei schon die zwei Holzstufen in die verrauchte Spielhalle hinaufsteigen, überprüft Erwin wieder, ob alle Autotüren abgeschlossen sind.
Werner läßt sich an der Wechselkassa einen Zehner wechseln. Vorerst wird Tischfußball gespielt. Einer der blaugekleideten Aufpasser stellt sich eine Weile neben dem Tischfußballautomaten auf. Mit der linken Hand klimpert er in seiner Umhängtasche im Kleingeld.
Auf einem breiten Automaten steht groß: *WAR*. Mit einem Maschinengewehr können Panzer, Nachschubwagen, Hubschrauber und einzelne Soldaten erlegt werden. Gekämpft wird gegen die Sowjetunion. Kassbach ist der letzte, der drankommt. Erwin, neben ihm, schießt jetzt auf Bären.
Ich schieße sie alle zusammen, die Russen, schreit Kassbach und lacht laut. Er übertrifft die bisherige Höchstpunktezahl und gewinnt ein Freispiel. Er darf noch einmal kämpfen. Am liebsten schießt er auf die Soldaten, die nach hinten umkippen, wenn sie getroffen werden. Schon wieder ein Russ hin, sagt er. Das zweite Spiel verliert er, weil er nur mehr auf Personen Jagd macht, und die sind nicht so viele Punkte wert wie Hubschrauber, Versorgungswagen und Panzer. Anschließend wird noch an zwei Automaten geflippt. Sonst ist hier nichts los. Ein paar andere Hallen haben auch noch geöffnet, in denen allerdings durchwegs die gleichen Automaten stehen.
Gehen wir rüber in den *Walfisch*, sagt Werner. Im *Walfisch* bestellen sie was von der kaum leserlichen Speise- und Getränkekarte. Erwin hat draußen vor der Glastüre zwei Mädchen angeredet, die jetzt auch beim Tisch sitzen. Kassbach trinkt mehrere Bier rasch hintereinander, weil er hofft, dann mit genügend Sicherheit und Selbstverständlichkeit eines der Mädchen an sich heranziehen zu können. Die Mädchen belustigen sich schließlich doch nur an seinem sturen Blick. Kassbach taumelt aufs Pissoir, kontrolliert seinen Blick im Spiegel, kann aber über die Berechtigung des Wortes „stur“ keine Entscheidung mehr treffen. Er ist der kleinste

von allen vieren und, obwohl er der jüngste ist, auch der gewichtigste. Die Tür zur Gaststube schiebt er mit dem rechten Fuß auf. Beim Tisch erklärt er, daß er nach Hause müsse, jetzt schon, jetzt gleich, verabschiedet sich schnell und geht zum nächsten Taxistandplatz. Vor einem Café stehen zwei Prostituierte. Kassbach will auf eine der beiden zugehen, obwohl er keine Absichten hat. Als er nah genug ist, sagt sie: Verroll dich. Kassbach läßt die Hände in den Taschen und macht einen kleinen Bogen. Hinter ihm kratzen Papierreste im Wind auf dem Asphalt.
Mit dem Taxi läßt er sich zu seinem Kleinbus bringen, in dem es nach Kartoffeln riecht. Ein paar Minuten bewegt er sich unentschlossen über dem Lenkrad, dann startet er den Wagen und fährt genau dahin, wo er eben hergekommen ist. Die beiden Prostituierten sind weg, sind durch drei andere in kurzen Röcken ersetzt, die auf dem Gehsteig beisammen stehen. Durch die Glaseingangstür kann Kassbach in die vordere Stube sehen. Werner hat die Hand auf der Schulter der Blonden. Erwin klebt an der Schwarzen, Walter sitzt jetzt auch nicht mehr dabei.
Kassbach legt aus dem Leerlauf den ersten Gang ein und fährt heim. Die Polizei sucht eine Zwölfjährige, hört er im Autoradio. Den Wagen läßt Kassbach gleich vor der Garage stehen, weil er morgen zeitig weg muß und weil er vielleicht nicht mehr ganz so sicher die ziemlich schmale Garageneinfahrt trifft. Während er die wenigen Schritte zum Vordereingang geht, überlegt er, ob er noch einen seiner Spaziergänge machen soll. In der Küche trinkt er ein Glas Wasser halb leer und schüttet den Rest in die Abwasch. Die Katze im Badezimmer steigt aus ihrer Kiste, als er das Licht aufdreht, und drückt sich gegen seine Knöchel. Er steigt beinahe auf sie drauf, weil er sie nicht bemerkt. Das Badezimmer ist in Ordnung. Im Spiegel ist noch mehr Ordnung.
Vera liegt im Schlafzimmer auf dem Rücken. Wahrscheinlich hat sie ein Schlafmittel genommen. Ihre Lidränder sind rot. Kassbach geht aufs Klo und verwirft dort endgültig den Plan, noch einen Rundgang zu machen. Zu spät, denkt er, heute ist nichts mehr zu machen. Bestimmt nichts mehr zu machen. Heute nicht mehr.
Er steigt, so schnell er kann, aus den Kleidern und legt sich auf seine Seite im Bett. Er sieht sich vor dem Automaten stehen und

Russen erschießen. Vermutlich hat Werner die Blonde schon im Bett. Kassbach bewegt den rechten Zeigefinger. Russen erschießen. Er hat zwei richtige Revolver und Munition im Schreibtisch: Wehrmachtsrevolver, die er in einem möglichst umfangreichen, ausgehöhlten Buch versteckt. Das Buch ist von Gerhart Hauptmann. An nächtliche Einbrecher glaubt Kassbach nicht. Manchmal denkt er daran, ein Verhältnis mit einem beinamputierten Mädchen aufzunehmen. Er kann sich das sehr gut vorstellen.

Heute ist Samstag. Ich, Kassbach, lasse den Pudel des Nachbarn in die Bauhütte, nachdem ich zuvor die Meerschweinchen ausgelassen habe, die in einer dichten Gruppe auf dem Boden sitzen. Die Meerschweinchen bemerken den Hund, stoßen schrille Pfiffe aus und laufen auseinander. Sie sind nicht dazu fähig, sich in den sicheren Schutz der mit kleinen Öffnungen versehenen Kisten zu retten, die ich ebenso auf den Boden gestellt habe. Meerschweinchen sind blöd. Der Hund erwischt drei beim Genick und läßt sie gleich wieder fallen. Darauf verjage ich den Pudel ins Freie und beobachte das Sterben der drei verletzten Meerschweinchen, die sich noch ein paarmal aufrichten, aber immer wieder auf die Seite umfallen. Nach einer Viertelstunde ist das letzte tot. Die lebenden Meerschweinchen haben den Tod der anderen nicht begriffen, sie widmen sich wieder ganz ruhig den Salatblättern, die in der Mitte des Raumes liegen. Die Leichen werfe ich in den Ausräumschacht der Senkgrube, der bellende Hund ist noch eine ganze Weile vor der Bauhütte. Am Boden sind ein paar Blutspuren.
Den Einfall mit dem Nachbarhund habe ich erst gehabt, nachdem das mit unserer Katze nicht funktioniert hat. Die hat sich vor den Meerschweinchen gefürchtet, ein lächerliches Raubtier. Die bekommt ganz einfach zu viel Leber.

Die Pelinka steht vor der Gemüsewaage und redet: Im dritten Bezirk haben sie das Mädchen gefunden, das seit Donnerstag abgängig war. Der eigene Vater hat es gefunden, gleich im nächsten Park, in einem Gebüsch, nachdem die Polizei vergeblich gesucht

hat und die Suchaktion hat abbrechen wollen. Ein Kilo Orangen, die Jaffa, wenn welche da sind. Die Kleine war schon über drei Tage tot. In den Nachrichten um sieben ist es eben gewesen.
Und die Polizei? fragt Kassbach, der schon die Orangen in die Waagschale legt und eine leicht angefaulte dazuschwindelt.
Die haben gleich einen verhaftet, einen Rumtreiber und Gelegenheitsarbeiter, der immer in der Nacht dort auf den Bänken geschlafen hat. Der hat die Kleine nämlich sogar flüchtig gekannt, weil er früher einmal im gleichen Haus Hausbesorger war. Der hat das Mädchen ausgezogen und mißbraucht. Einen Glashaus-Salat, den um vier Schilling. Angeblich hat er sie mit einem Taschenmesser erstochen, sagt die Kratky, die erst ein paar Monate in der Straße wohnt, aber eine Stammkundin ist.
Ja, sagt die Pelinka, mindestens vierzehnmal hat der hingestochen. Stellen Sie sich das vor! Vierzehnmal mit dem Messer auf eine Zwölfjährige. Dabei soll sie noch zwei Stunden, zwar bewußtlos, gelebt haben. Ihren Schal hat er ihr auch noch um den Hals gebunden.
Gestorben ist sie aber an den Messerstichen, sagt die Kratky, die auch Bescheid weiß.
Mit dem Geld aus der Handtasche des Mädchens, berichtet die Pelinka weiter, hat er sich ins nächste Gasthaus gesetzt, obwohl nur ein paar Schilling drin waren. Die Tasche hat er schon vorher in einem Hausflur weggeworfen. Die Polizei hat die Tasche ja auch schon am Samstag gefunden. Jetzt ist es, glaube ich, alles. Nein, ein Kilo Zwiebeln fehlt noch, hätte ich beinahe vergessen. Beim Kommissariat ist eine Drängerei gewesen, ein paar haben über die Polizisten auf den Mörder eingeschlagen.
Versteh ich, sagt Kassbach, so einen Hund erschlag ich mit der flachen Hand, wenn ich ihn erwische.
Im Gefängnis ist er auch schon öfter gewesen, sagt die Pelinka. Bis vor drei Wochen ist er eingesperrt gewesen.
Aha, sagt die Kratky, und die Sozi stellen ihnen noch Fernseher in die Zellen und wollen sie zeitweise sogar auf Familienurlaub schicken. Ein Witz ist das.
Die sind ja verrückt, sagt Kassbach. Da sieht man es endlich: Die sind komplett verrückt. Wer schreckt sich denn jetzt noch vor

dem Eingesperrtwerden. Auf Kosten unserer Sicherheit geht das alles. Ganz klar. Die Polizei ist sowieso kein Schutz mehr.
Eben, weiß die Pelinka. Die rennen ja selbst davon, wenn einmal jemand in der Nacht um Hilfe schreit. Weil sie selber Angst haben. Nach einer halben Stunde gehen sie vielleicht nachschauen.
Die Angst vor der Gefahr ist es nicht, sagt Kassbach. Das ist einfach die Angst, die Dienstwaffe zu verwenden. In letzter Zeit hat es ja eine Menge Untersuchungen, Suspendierungen und so weiter gegeben, nachdem Polizisten von ihrer Waffe Gebrauch gemacht haben. Ja, wenn jeder Angst haben muß, ein Verfahren angehängt zu bekommen, wenn er einmal schießt, braucht sich keiner wundern, wenn die Polizei lieber vorsichtig ist.
Die Pelinka zahlt und räumt ihre Sachen vom Verkaufstisch in ihre Plastiktasche. Dann wartet sie auf die Kratky, die nur ein Suppengrün will.
Das Begräbnis wird wahrscheinlich am Freitag sein, sagt die Pelinka, die schon auf der obersten Stufe der Treppe steht, während sie der Kratky die Eingangstür aufhält.
Weiß ich schon, sagt die. Gehen Sie auch hin?

Kassbach kommt erst jetzt, wenige Minuten vor Mittag, dazu, selbst in die Zeitung zu schauen. Er liest den Bericht über das getötete Mädchen, der durch ein Bild des mutmaßlichen Täters und einer Stellungnahme der Mutter des Täters („Mein Gott, er war immer ein guter, braver Sohn"), ergänzt ist. Die beiden Kundinnen waren schon besser informiert als die Morgenzeitung. Kassbach beschließt trotzdem, die Zeitung aufzuheben und im Magazin zu verstecken, wo noch ein paar andere Zeitungsausschnitte sind. Er muß so was lesen, da wachsen die Ideen. Am Abend ist das monatliche Treffen der INITIATIVE.

(Jahresbericht.)
Das Geschäft ist im letzten Jahr umgebaut worden. Kassbach hat im März, nachdem der Hobbyfliegerklub nebenan zugesperrt hat, das Lokal gemietet und die Zwischenwand abtragen lassen. Seither verkauft Kassbach in seinem ums Doppelte vergrößerten Ge-

schäft auch alkoholische und alkoholfreie Getränke sowie Molkereiprodukte.
Kurz vor Weihnachten hat er den Lehrling, den er zwei Jahre lang gehabt hat, aufgeben müssen. Er konnte ihn, erklärt er, unmöglich länger behalten, weil der Lehrling (ein Abgänger der Allgemeinen Sonderschule) die Berufsschule nicht geschafft hat. Kassbach hat mit ihm also zwei Jahre lang eine ausgesprochen billige, aber volle Arbeitskraft gehabt. Am fünfzehnten Dezember schließlich, zu dem Zeitpunkt, ab dem er dem Lehrling zumindest ein Hilfsarbeitergehalt zahlen hätte müssen, hat er ihn entlassen.
Der Lehrling hat es darauf bei den Städtischen Verkehrsbetrieben (in der Werkstätte) und bei der Post (als Trottel für jeden) versucht. Jetzt ist er in einer geschlossenen Anstalt. Kassbach braucht einen neuen Lehrling, den er sich wieder aus der Sonderschule holen will. Er hat schon mit dem Direktor der Bezirkssonderschule telefoniert.
Beim Abladen läßt er auch gelegentlich Jugoslawen für weniger als ein Trinkgeld zugreifen. Aber das Geld dafür legt er auf den Tisch, weil er Angst vor Krankheiten hat. Sagt er.
Daheim hat es im abgelaufenen Jahr keine erheblichen Schwierigkeiten für Kassbach gegeben. Seine Frau hat vor siebzehn Jahren ihren Beruf, Lehrerin ist sie gewesen, nach dem zweiten Kind aufgegeben. Sie hat also wieder ein Jahr zwischen ihren Kakteen und Gummibäumen, denen ihre Sorge gilt, verbracht. Für ihre häufigen Erkrankungen interessiert sich Kassbach nicht, nur für die Medikamente, die er besorgt, mit denen er alles als augenblicklich geheilt betrachtet. Klimakterische Beschwerden, lautet sein Urteil.
Der Sohn ist siebzehn geworden, im Gymnasium ist alles in Ordnung. Im September hat er Kassbach, nachdem er angetrunken von einer Siegesfeier seines Fußballvereins heimgekommen ist, ein aufgerolltes Präservativ in die Stecktuchtasche des Rocks gesteckt. Der Lehrling hat es am Morgen im Geschäft sofort bemerkt und gegrinst. Daheim hat Kassbach dem Georg einen Schlag auf den Kopf versetzt und ihn dabei an der Stirn verletzt: nichts besonderes, eine Platzwunde, die Kassbach (sozusagen) mit einem Geldschein wieder zugeklebt hat. Die Tochter ist zwanzig, bereits verheiratet und wohnt nicht mehr daheim.

Ein paar Frauen hat Kassbach schon getroffen im vergangenen Jahr. Er hat aber jedes Verhältnis, bevor etwas Größeres entstehen konnte, gleich wieder eintrocknen lassen. Ein richtiges Verhältnis, ein länger andauernder Betrug mit falschen Terminen wäre ihm auch zu anstrengend gewesen.
Aus dem Keller beobachtet er gelegentlich Beine, Kniescheiben, Unterhosen und Kunststoffmäntel. Viel mehr probiert er nicht. Bis zum Mai hat er einen erotischen Briefwechsel mit einer Dreißigjährigen geführt, die er nie kennengelernt hat. An ihre Farbfotografie kann er sich noch erinnern.
Der Wild- und Geflügelhändler gegenüber verkauft Pornohefte, die er in einer Lade versperrt. Kassbach hat er sie einmal gezeigt, wobei er danebengestanden ist und auf Zustimmung gelauert hat. Kassbach hat ein Heft mitgenommen, später aber zerrissen und in die Mülltonne geworfen, weil ihm die Möglichkeit einer Entdekkung zu groß war.
Manchmal hat er in den Zeitungen, die ihm die Kunden nach wie vor zum Einpacken bringen, auffällige Fotos gefunden. Die hat er dann ausgeschnitten und immer ins Magazin mitgenommen, die hat er sich im Magazin genau angeschaut, während er die Hand auf der Hosenaußenseite bewegt hat. Auch hier war bei ihm die Angst vor dem vielleicht auftauchenden Lehrling zu groß. Seit der Kündigung des Lehrlings könnte er sich die Hose aufmachen, jetzt hat er aber für längere Aufenthalte im Magazin keine Zeit mehr, weil er immer vorne im Geschäft sein muß.
Vielleicht sperrt er doch noch über Mittag zu.

(Herbert K., 53, Invalidenrentner:)
Ja, was soll ich Ihnen sagen, was kann man da sagen? Der Kassbach ist oft hier, bei der Registrierkassa, bei der Espressomaschine oder am Stammtisch, mittags, ja eigentlich jeden Tag, er trinkt ein Bier oder zwei und redet mit. Er bleibt nie lang. Weiße Hemden hat er immer an, ansonsten, nein, weiß ich eigentlich nichts von ihm. Ja, er steht eben hier herum, ein- oder zweimal am Tag. Das weiß ich, weil ich bin den ganzen Tag da, seit meine Frau tot ist. Das Menü hier ist billig. Verstehen Sie? Kartenspielen tut er we-

nig, der Kassbach. Er kann ein paar Kartentricks, die zeigt er hin und wieder, wenn er mehr Bier drin hat. Für einen Zehner mach ich Ihnen einen Kopfstand im Aschenbecher. In dem da. Ist kein Witz, wirklich kein Witz. Sie können alle hier fragen und im Zwölferhaus. Ein paar können den Kassbach nicht leiden. Wegen der Storz, wenn Sie die Geschichte kennen.

Am Nachmittag (zwischen drei und vier) steht die Schober im Geschäft, die auch regelmäßig herkommt. Sie schaut sich im Geschäft um. Sie will nichts kaufen. Endlich fängt sie von ihrer Tochter zu reden an, die derzeit in einer Schneiderei beschäftigt ist. Ungekündigt, sagt die Schober und betont die erste Silbe. Ihr sei aufgefallen, daß der Lehrling, der immer da war, in der letzten Zeit nicht mehr im Geschäft ist. Da habe sie sich eben gedacht, daß das eine Möglichkeit für ihre Tochter sei. Vielleicht können Sie meine Tochter brauchen?
Sie haben eine Tochter? sagt Kassbach. Das habe ich nicht einmal gewußt, daß Sie eine Tochter haben. Wie alt ist sie denn?
Fünfzehn, sagt die Schober. Sie ist erst letztes Jahr aus der Schule raus.
Hauptschule?
Sonderschule, sagt die Schober, die ahnungslos ist, und wird verlegen. Jetzt beginnt Kassbach die Sache zu verzögern: Er müsse überlegen, eigentlich käme er auch allein zurecht.
Sie ist ziemlich lang krank gewesen, erklärt die Schober und will damit die Sonderschule entschuldigen. Das aber macht das Mädchen für Kassbach erst interessant. Er sagt nichts. Sie geht um den Verkaufstisch und schaut noch einmal, sich absichernd, zur Eingangstür.
Besuchen Sie mich, fordert sie Kassbach auf und schaut ihm direkt ins Gesicht: ein Angebot, mit dem Kassbach nicht gerechnet hat. Er ist aufgeregt, seine Ohren werden in wenigen Sekunden rot. Seine schweißnassen Hände drückt er an seinen Arbeitsmantel. Die Schober ist vierzig, und er weiß, daß ihr Mann, ein Eisenbahner, gleich nach seiner Pensionierung gestorben ist. Kassbach ist sich nicht sicher, ob die Schober ihr Angebot ernst meint. Auf

jeden Fall will er zusagen, wird aber durch die Türklingel daran gehindert, die einen Kunden ankündigt. Die Schober dreht sich von Kassbach weg und beugt sich zu den Weintrauben. Kassbach macht die Geldlade auf und zu.
Was ist mit sieben? fragt er, als sie wieder allein im Geschäft sind.
Sieben, sagt die Schober.

Kassbach geht über die Straße ins Wirtshaus. Da ist der Mittagsbetrieb längst vorbei, der schwarzweiße Kellner flitzt trotzdem wie von Insekten verfolgt zwischen der Küche und den Tischen hin und her. Kassbach steht vor den verkehrt abgestellten Viertelliter-Gläsern. Der Wirt schiebt ihm ein randvolles Weinglas hin und beschäftigt sich gleich darauf (wie schon zuvor) mit der Reinigung der Espressomaschine. Kassbach dreht sich mit dem Glas in der Hand um.
Am Stammtisch sitzt einer mit kurzen, roten Haaren, den Kassbach nicht einmal vom Sehen kennt, der ihn aber ohne Unterbrechung anschaut.
Was ist? sagt Kassbach laut zum Tisch hin. Was gibts da zum Schauen?
Der am Stammtisch sagt kein Wort, bleibt ruhig sitzen und grinst ihn an.
Was gibts zum Lachen? sagt Kassbach noch lauter und stellt sich schon auf eine mögliche Auseinandersetzung ein. Paßt dir was nicht? Sag, paßt dir was nicht? Ich hab was gefragt.
Der hört nichts, sagt der Wirt, der jetzt vor dem Schanktisch steht. Kein Wort hört der, ein armer Teufel. Ein Krüppel ist er auch.
Erst jetzt bemerkt Kassbach, daß der Mann keine Beine unter dem Tisch hat. Auf der Bank liegen zwei kleine, abgegriffene Holzquader. Jetzt hätte er erst recht gute Lust, dem Kerl eine Lektion zu erteilen. Daß sich so einer unter die Leute traut. Kassbach leert sein Glas, bezahlt und geht schnell ins Freie.

(Hans Z., 29, Speditionsarbeiter:)
Warum fragen Sie ausgerechnet mich? Ich weiß doch nichts. Klar kenn ich den Kassbach vom Sehen, den werden alle hier kennen. Sie werden kaum einen finden, der ihn nicht kennt. Aber gesprochen habe ich nie mit ihm. Sind Sie Polizist? Ich weiß absolut nichts. Fragen Sie den Wirt. Ich weiß nicht viel Bescheid hier. Fragen Sie doch den Wirt, wenn Sie was wissen wollen.

Kassbach dreht das Licht ab, zieht den Rollbalken zum Gehsteig und sperrt ab. Er hat sich die Hände gewaschen und die Achseln. Die Schober wohnt in der Gasse hinter dem Häuserblock. Kassbach läßt den VW-Bus stehen und grüßt – unterwegs zum richtigen Haustor – ein paar Leute, deren Gesichter er nicht erkennt oder wiedererkennt. Die Schober wohnt im dritten Stock. Kassbach trifft niemand im Stiegenhaus. Seine Hände riechen immer noch nach Seife. Er bleibt vor der Fußmatte stehen.
Die Schober sitzt beim Küchentisch, als Kassbach klopft. Sie macht die Tür auf und riegelt gleich wieder ab, nachdem Kassbach zwei Schritte in die Küche gemacht hat. Sie bleibt zunächst etwa einen Meter entfernt und läßt ihn ins Zimmer vorgehen, wo sie ihm, als er auf der Bettbank Platz genommen hat, ein Glas Gin vorsetzt. Die Schober sitzt auf der anderen Seite des Tisches auf einem Sessel.
Haben Sie sichs schon überlegt? fragt sie.
Ist Ihre Tochter nicht da? fragt er.
Ich habe sie weggeschickt.
Weiß sie, daß ich jetzt hier bin?
Ja, sagt die Schober und füllt das Glas auf der Tischplatte vor Kassbach nach.
Ahnt sie was? Ich meine, ich will sagen, versteht sie?
Sicher, sagt die Schober, sie ist nicht dumm.
Wo ist sie jetzt?
Im Kino. Sie kommt nicht vor neun zurück.
Ich kann nur bis acht bleiben.
Die Schober steht ruckartig auf, stellt die Flasche in den Schrank, der innen beleuchtet ist, und steht unschlüssig zwischen dem

Schrank und der Bettbank, auf der Kassbach, ohne sich irgendwie zu bewegen, sitzt. Dann zieht sie sich aus. Kassbach springt auf, drückt sich an sie und fängt mit dem Aufknüpfen seiner Schuhbänder an. Sie legt auf die Bettbank eine karierte Decke mit Fransen. Kassbach behält nach einer kurzen Überlegung sein kurzärmeliges, weißes Leibchen an. Die Unterhose ist von vorgestern, die legt er unters Hemd.
Eine Viertelstunde vor acht sitzt er auf dem Sessel auf der anderen Seite des Tisches. Die Bettbank ist wieder von der Decke befreit. Auf dem Tisch steht das zum dritten Mal vollgefüllte Glas. Eine Niederlage, eine deutliche Niederlage. Die Schober könnte frech werden, wenn sie nicht schweigen müßte. Sie sitzt auf dem zweiten Sessel neben Kassbach und zeigt ihm in einem Album ein neueres Foto von ihrer Tochter.
Vom Vorjahr, sagt sie. Neben alle Fotos im Album sind mit gelbem Buntstift Kommentare geschrieben.
Sie soll am Samstag einmal helfen kommen, sagt Kassbach. Da sehen wir gleich, ob sie der Arbeit gewachsen ist. Anfangen könnte sie dann am ersten Februar.
Ich schicke sie Ihnen am Samstag, sagt die Schober. Ich nehme sie auf jeden Fall, weiß Kassbach, gibt aber nichts von dieser Gewißheit zu.
Wie heißt sie eigentlich?
Elisabeth.
Die Schober schiebt ihm ein Foto von ihr selbst über die Tischplatte. Ich heiß Gerti, sagt sie. Kassbach steckt ihr Foto ein. Daß er lieber ein Bild von der Tochter haben will, behält er für sich.
Nach dem vierten Gin, jetzt ist es acht, geht Kassbach in die Küche, in der es nicht einmal Fließwasser gibt. Die Tür zum Schlafzimmer ist offen. Neben dem Doppelbett und vor dem Hoffenster stehen Kakteen und Gummibäume. Ein Kaktus blüht. Die Schober dreht das Licht auf und zeigt Kassbach den blühenden Kaktus. Kassbach hat kein Interesse. Die Schober schaut durch das Guckloch auf den Gang, wartet ab, bis eine Nachbarin mit ihrem gefleckten Hund in ihrem Kabinett verschwunden ist, bevor sie die Wohnungstür öffnet. Dann geht sie vorsichtig bis zu den Stiegen vor.

Niemand zu sehen, sagt sie. Du kannst gehen.
Er hält ihre Hand, in der anderen hält er den Autoschlüssel. Er beeilt sich zu den Stufen und die Stufen hinunter. Auf dem Trottoir vor dem Haus liegt eine tote Taube. Zwei Frauen stehen dabei, erklären einander, daß man tote Tauben nicht berühren darf, weil die Tuberkulose haben, und zeigen mit den Fingern auf die Taube.

Das Gasthaus *Glocke*. Am ersten Montag im Monat hauen die Studenten einer Verbindung mit ihren Säbeln auf den langen Wirtshaustisch, der mit zusätzlichen Brettern geschützt wird, am zweiten Montag hat der Kameradschaftsbund seinen Abend, am dritten die Tapferkeitsmedaillenträger, am letzten seit einigen Monaten die INITIATIVE.
Kassbach ist seit dem Anfang dabei. Die INITIATIVE ist noch kein Verein, trifft sich aber doch regelmäßig hier im Extrazimmer und besteht aus (mit der Praxis der christlichen und freiheitlichen Parteien) Unzufriedenen: Kleingewerbler, ein paar Facharbeiter, Beamte. Die Gründung ist durch ein paar ehemalige, aktive Nationalsozialisten erfolgt, die seither die Führung und Kontrolle der INITIATIVE fest in der Hand haben. In den letzten Monaten wurde beschlossen, ab Anfang März gezielte Aktionen durchzuführen, für die einzelne Kommandos eingeteilt werden. Das soll heute geschehen.
Der vorläufige Sprecher und Schriftführer Lothar K. macht alle Eintreffenden gleich auf die Unterschriftenaktion aufmerksam, die von der INITIATIVE durchgeführt werden soll. Der Anlaß ist der Sexualmord an der zwölfjährigen Waltraud Keiler. Der Text wurde von K. zusammengestellt.

VERLANGT ENDLICH GESETZE DAFÜR: TRIEBTÄTER KASTRIEREN!
Unser Volk ist nach der Verfassung für das Recht in unserem Staat zuständig. Würde man das Volk wirklich darüber entscheiden lassen, ob Triebverbrecher (gedeckt durch das Gesetz) kastriert werden sollen, gäbe es längst für eine große Anzahl von Tä-

tern keine Strafe mehr, sondern nur die zwangsweise Heilung: die Entmannung.
Der jüngste, grauenhafte Mord an einer hilflosen Schülerin beweist doch, daß diese Forderung keineswegs barbarisch ist. Im Gegenteil: Diese Forderung ist im eigentlichen Sinn humanitär; allerdings eben nur dann, wenn man Humanität gegenüber potentiellen, schuld- und wehrlosen Opfern höher bewertet als falsche Humanität gegenüber den Tätern. Nicht einmal eine Strafrechtsreform wäre dazu notwendig, um diesem Wunsch der Mehrheit zu entsprechen. Lediglich eine Strafgesetznovelle wäre nötig, in der genau festgelegt wird, welches ärztliche Gremium in Zusammenarbeit mit dem zuständigen Gericht zu entscheiden hat, ob die für den Täter gefahrlose Operation durchgeführt wird.
Gegen potentielle Triebmörder muß Zwang ausgeübt werden. Tuberkulöse etwa werden von Gesetzes wegen zwangsweise geheilt. Im Falle von Triebtätern besteht doch das gleiche, wenn nicht größere öffentliche Interesse daran, daß eine Heilung erfolgt. Unser momentan gültiges Recht erweckt ja fast den Anschein, als ob Hoden heilig seien. Sie sind es nicht! Und wenn ihre Entfernung auch persönlichkeitsverändernd wirkt, so soll doch gerade das erreicht werden: aus einem potentiellen Mörder durch einen kleinen Eingriff einen nützlichen Mitmenschen zu machen.
Bei Triebverbrechern ist jede Abschreckung sinnlos. Wenn der Trieb einmal sämtliche Hemmungen beseitigt hat, drängt es den Täter zur Straftat! Und da denkt er einfach nicht an die möglichen Folgen. Da schreckt ihn auch die Möglichkeit, lebenslang in Gefangenschaft schwer arbeiten zu müssen, oder auch die drohende Exekution nicht ab. Erst im Nachhinein wird er ängstlich. Dann ist es für sein Opfer allerdings zu spät.
Die Strafgesetznovelle, die immer häufiger verlangt wird, ist nötig. Nach erfolgter Operation kann der vormals potentielle Mörder ein durchaus normales Leben führen. Nur auf Sexualität muß er verzichten, wobei dieser Verzicht, da ja der Wunsch danach wegfällt, streng genommen keiner mehr ist.
Unterstützt diese Initiative. Wehrt euch gegen die leichtsinnigen Reformen dieser Regierung. Unterstützt mit jeder Unterschrift diese Aktion, die schuldlose Opfer retten hilft. Der Fall Waltraud

Keiler gibt uns recht: Menschenleben sind wichtiger als Verbrecherhoden.

Kassbach findet den Textentwurf in Ordnung, sogar ausgezeichnet, und setzt seine Unterschrift mit Tintenblei drunter. Eigentlich ist er ja fürs Aufhängen, aber Kastrieren ist auch nicht schlecht. Erwin und Werner haben ihm einen Platz an ihrem Tisch freigehalten. Sie haben bereits unterschrieben. Walter ist beim Karatekurs in der Polizeikaserne. Lothar K. steht hinter einem Tisch an der Stirnseite des Raumes, der nur über einen schmalen Gang zu erreichen ist.
Über K. stehen auf einem kleinen Brett winzige, gegossene Kanonen. Noch weiter oben hängt ein Hirschgeweih.
K. fordert die Versammelten für kurze Zeit zur Ruhe auf und erklärt zunächst noch einmal die Unterschriftenaktion, die in den nächsten Tagen in Bahnhöfen und vor Kaufhäusern öffentlich fortgesetzt werden soll. Das Ziel sind 10.000 Unterschriften. Erwin und Kassbach melden sich für Mittwoch.
Schließlich beginnt K. mit dem Wesentlichen: Die Sozialisten haben es in kürzester Zeit ihrer Regierung geschafft, daß unser demokratisches Gefüge vollkommen durcheinandergeraten ist.
Nicht nur das: Die Sozialisten sind darauf aus, diese Demokratie weiter auszuhöhlen und zu zerstören. Sie reden von der sozialen Demokratie, vom demokratischen Sozialismus. Was wir darunter zu verstehen haben, zeigt die Entwicklung der letzten Monate.
Die tägliche Zahl der Verbrechen steigt, vor allem die Verbrechen Jugendlicher. Die Bevölkerung ist nicht mehr sicher. Die Regierung zeigt sich hilflos gegenüber den gewalttätigen Rockerbanden, die ganze Stadtviertel in Angst und Schrecken versetzen. Toleranz ist hier nicht am Platz, ist nicht nur feig, sondern kriminell.
Die Zahl der Ausländer nimmt ebenfalls in beängstigendem Ausmaß zu. Aber gerade die große Zahl von Ausländern bringt unser Vaterland in Gefahr. Gefährdet ist die Ruhe, die Sicherheit, die Ordnung im Innern, gefährdet ist der Schutz der Freiheit durch unser Militär, gefährdet sind alle staatsbürgerlichen Rechte. Der gesunde Menschenverstand verlangt von uns, daß wir uns gegen

diese Fremdarbeiterinvasion wehren, die erst recht die Zahl der Verbrechen in die Höhe schnellen läßt und nicht zuletzt für die alarmierende Ausbreitung bestimmter Krankheiten verantwortlich zu machen ist. Wir haben zwei Türkenbelagerungen überstanden, auch die dritte und gefährlichste muß abgewehrt werden.
Dazu kommt, daß die Regierung ohne Bedenken den Mord am ungeborenen Leben freigeben will. Damit wird eine Senkung der Geburtenziffer zugelassen, wodurch eine Vermischung unseres Volkes, dessen deutsches Erbe weiterhin krampfhaft totgeschwiegen wird, mit den eingewanderten Fremdarbeitern unausbleiblich ist. Somit droht die Lüge einer *Österreichischen Nation* zur Wirklichkeit zu werden. Unsere Aufgabe, unser Wille ist es, jene volkszerstörenden Elemente unschädlich zu machen.
Diese Regierung ist es auch, die immer unduldsamer gegen die parlamentarische Opposition und erst recht gegen unsere im Parlament nicht vertretene Opposition ist. Die Politik dieser Regierung ist es, die den neuerlichen Aufschwung der totgeglaubten Kommunisten und die emsige Aktivität radikaler linker Gruppierungen ermöglicht hat. Seit Beginn der Regierungsperiode haben zum Beispiel die Kommunisten bei fast jeder Wahl ihre Stimmen und Mandate in den Betrieben verdoppeln können. Der Einfluß der Volksverräter wächst weiter. Das ist uns Alarmsignal genug!
Wie steht es mit der Landesverteidigung? Ihr Zustand ist desolat. Die Sozialisten haben eilig den Wehrdienst verkürzt, immer mehr junge Männer verweigern den Waffendienst. Und die Regierung sieht nicht nur praktisch tatenlos zu, nein, sie geht noch her und prüft Gewissensgründe. Die Landesverteidigung wird dadurch immer weniger ernst genommen. Wir sind jetzt schon in unserem Verteidigungsvermögen schwer eingeschränkt. Auch hier scheint es das erklärte Ziel der Regierung zu sein, eine ausreichende Landesverteidigung zu verhindern.
Ich brauche nicht mehr viel sagen. Wir wissen alle, warum wir heute hier sind. Wir beschließen die Initiativen, die ab März gehäuft durchgeführt werden sollen. Unsere Initiative heißt Kampf. Ich habe mit einigen Kameraden Vorschläge ausgearbeitet. Ergänzungen und Änderungen können wir nachher besprechen.
Erstens: Aktionen gegen KP- und SP-Lokale und Übermalung

kommunistischer Plakate. Zweitens: Aktionen gegen Fremdarbeiterquartiere und einzelne Fremdarbeiter. Drittens: Anwesenheit bei jeder linksgerichteten Demonstration und, wenn möglich, deren Verhinderung. Viertens: Ausarbeitung von Verteilerzetteln zu jeweils aktuellen Anlässen. Fünftens: Anbringen von Plakaten und Klebezetteln an frequentierten Plätzen. Sechstens: Kontrolle von prominenten Linken. Siebtens: Effektive Erweiterung unserer Kader. Achtens: Beseitigung von sichtbaren Zeichen des österreichischen Widerstandes.
K. hat nur wenige Minuten benötigt, obwohl er an einigen Stellen durch Klatschen und Auf-den-Tisch-Klopfen aufgehalten wurde. Besprochen wird in der Folge eigentlich nichts. Besprechungen finden mehr oder weniger an den einzelnen Tischen statt. Niemand hat etwas gegen den Aktionskatalog. Es wird endgültig mit Handheben abgestimmt. Einige können die Hand nicht mehr heben, weil sie zu viel getrunken haben.
N. macht anschließend noch den Vorschlag, vor den einzelnen Aktionen erst im letzten Augenblick durch den Organisationsstab die jeweiligen Teilnehmer zu verständigen.
So würde anderen eine eventuelle Verhinderung fast unmöglich gemacht. N. gehört zum Organisationsstab.
Zuletzt weist K. darauf hin, daß die INITIATIVE etliche bekannte, wichtige Förderer hat, die vorläufig noch in der Anonymität bleiben möchten. Ihre Namen werden nicht genannt. Kassbach und den meisten andern sind die Namen dennoch bekannt.

Zur Gründungsversammlung am 16. Februar sind an die hundert Leute eingeladen. Da würde selbstverständlich, erklärt K., da die Versammlung nach dem Vereinsgesetz jederzeit der Vereinspolizei zugänglich sein muß, über Statuten und legale Initiativen gesprochen. Wo das Hauptgewicht tatsächlich liegt, ist jedem klar.
Kassbach sieht den Ereignissen auch mit einer nicht unerheblichen Vorfreude entgegen. Endlich tut sich was, ist nicht nur seine Meinung. Im übrigen hat er wie fast alle Anwesenden zu ausgiebig Bier getrunken. Er muß ziemlich oft auf die Toilette.
Wir kriegen schon wieder eine Ordnung! schreit einer am Nebentisch, der seinen Hut mit Abzeichen aufhat.

Freilich! grölt Erwin und dreht sein Bierkrügel.
Ein Hitler müßte her, sagt Werner, und die Sache wär erledigt.
Ja, sagt Kassbach. Ein Viertel Hitler wär bei uns schon genug. Ein Viertel Hitler.
Die Zusammenkunft ist eigentlich vorbei, wird aber noch bis zwei aufrechterhalten, obwohl die polizeiliche Sperrstunde Mitternacht ist. An den Tischen funktioniert nur mehr der rechte Tratsch, an dem sich auch der Wirt und die Wirtin beteiligen, wenn sie nicht gerade unterwegs sind, um Getränke zu holen: Denen müssen wir's zeigen. Ordentlich geben. Versteht sich. Eine Angst einjagen, damit eine Ordnung gemacht wird. Den Kummerln wird das Lachen schon vergehen. Jetzt reicht's nämlich schon lang. Das geht auf keine Kuhhaut.
Dazwischen werden Witze über Juden memoriert und besorgniserregende Einzelheiten aus dem Alltag berichtet. Nach Mitternacht wird mehrmals das Panzerlied und der Westerwald gebrüllt. Ein uniformierter Polizist ist jetzt auch da. Er brüllt mit und legt seine Uniformkappe auf das Brett zu den Kanonen.
Kassbach kommt um drei heim, sperrt die Katze ins Bad und legt sich auf die Couch vor dem Fernseher.

(Brehms Tierleben:)
Das Meerschweinchen erinnert in seinem Wesen in mancher Hinsicht an das Kaninchen. Der Gang des Meerschweinchens ist nicht besonders rasch. Es läuft ohne Unterbrechung in seinem Stall umher, am liebsten längs der Mauern, wo es sich bald einen glatt getretenen Weg bahnt. Die geistigen Fähigkeiten des Meerschweinchens stehen auf einer tiefen Stufe. Das Meerschweinchen braucht keine Abwechslung in der Nahrung und keine besondere Pflege. Es läßt sich überaus viel gefallen und verträgt selbst Mißhandlungen mit Gleichmut. Deshalb ist es ein höchst angenehmes Spielzeug für Kinder.

(Kassbachs Mitgliedschaften:)
Die Deutsche Arbeitsfront. Mitgliedsbuch N 4038. Kassbach

Karl, Werkschüler, geboren am 4. April 1923 in Neunkirchen. Beginn der Mitgliedschaft am 1. Juni 1938. Gauwaltung Niederdonau. Verwaltungsstelle Neunkirchen.
(Vom l. Juni 1938 bis Ende März 1941 sind die gültigen HJ-Marken auf die Monatsflächen geklebt, bis Mai 1945 wurde die Entrichtung des Mitgliedsbeitrages durch die Stempel der Schoeller-Bleckmann-Werke in Ternitz bestätigt.)
Österreichischer Gewerkschaftsbund. Wien I, Ebendorferstraße 7. Mitgliedskarte Nr. 07125. Name: KASSBACH Karl, Geburtsdaten: 4. 4. 1923. Geburtsort und -land: Neunkirchen, Niederösterreich. Beschäftigung: Werkzeugschlosser. Ort und Datum des Beitrittes: Neunkirchen, Juni 1945.
(Auf Seite zwei der Karte steht: Diese Mitgliedskarte wird nach 52 vollen Wochenbeiträgen gegen ein Mitgliedsbuch umgetauscht. Achte daher jeder auf seine Mitgliedskarte und schütze sich vor Verlust.)
Kassbach hat seine Gewerkschaftsbeiträge bis März 1946 bezahlt. Im April hat er, da für ihn von der Gewerkschaft und bei der Gewerkschaft nichts mehr zu erwarten war, die Mitgliedskarte weggeworfen. Das Mitgliedsbuch der Deutschen Arbeitsfront hat er bei seinen Dokumenten im Schreibtisch.

Erwin ist bereits seit dem frühen Nachmittag beim Südbahnhof. Mit zwei anderen hat er den Informationsstand errichtet, auf dem die Blätter für die Unterschriften und mehrere Kugelschreiber liegen. Einer mit einer langgezogenen, roten Narbe auf der Stirn steht beim Informationstisch und bewacht die unterschriebenen und leeren Blätter. Erwin und der zweite, der Kurt heißt, verteilen die Informationsschriften, auf denen der am Montag beschlossene Text steht, und reden auf die Passanten ein. Fast alle unterschreiben. Kaum einer zögert. Kassbach nimmt sich gleichfalls einen Stoß Blätter und stellt sich ungefähr zehn Meter von Erwin entfernt auf.

Fünf vor sieben stehen zwei Männer bei ihm. Der eine hat einen rötlichen Vollbart und kaum mehr Haare auf dem Kopf. Der an-

dere ist ziemlich lang und steckt in einem blauen, ausgewaschenen Arbeitsanzug. Der mit dem Bart läßt sich einen Zettel geben. Sie lesen zu zweit, was draufsteht.
Wo unterschreibt man? fragt der Lange.
Da drüben, sagt Kassbach, dreht sich um, übergibt einer Alten mit Einkaufsnetz ein Flugblatt und ist gerade dabei, die beiden in seiner Erinnerung zu streichen. Die beiden gehen zum Tisch. Der mit dem Bart ergreift das fast vollgeschriebene Blatt, reißt es der Länge nach durch, zerknüllt es und wirft es auf den Gehsteig, von dem es der andere mit einem schnellen Fußtritt auf die Fahrbahn befördert. Der Narbige schlägt mit der rechten Faust den mutmaßlichen Studenten auf den Brustkorb, mit der linken an den Kopf. Der Lange stößt den mit der Narbe zum Tisch zurück. Erwin und Kassbach kommen angelaufen. Der Bärtige hält sich den Kopf.
Verrückt geworden! schreit Kassbach. Was?
Ich brech euch die Knochen! schreit Erwin und reibt auf.
Hau her, sagt der Lange beinahe leise und kommt zwei Schritte auf Erwin zu. Trau dich!
Was paßt euch denn nicht? sagt Kassbach. Die Unterschriftensammlung hier ist angemeldet. Wenn ihr nicht unterschreiben wollt, haut ab! Wir verständigen jetzt die Polizei.
Gar nichts wirst du, sagt der Lange und streckt einen Arm aus.
Was paßt euch denn nicht? wiederholt Kassbach.
Was auf dem Zettel steht, sagt der mit dem Bart, der einen halben Meter hinter dem größeren bleibt und mittlerweile aus einer kleinen Wunde neben dem Mund blutet.
Ihr seid für die Mörder! brüllt Erwin.
Nein, sagt der mit dem Bart. Nein.
Kommunisten! schreit der Narbige. Dreckige Kommunisten!
Wir sind keine Kommunisten, sagt der Lange. Aber was ihr da macht, ist eine Frechheit, nicht nur ein Blödsinn.
Was denn? will Erwin wissen.
Der Lange greift nach einem der Zettel und liest laut: Nur auf Sexualität muß er verzichten, wobei dieser Verzicht, da ja der Wunsch danach wegfällt, streng genommen keiner mehr ist.
Na und?

Wenn euch jemand die Zunge rausreißt, ist dann der Wunsch weg, was zu sagen?
Das ist kein Vergleich du Trottel! schreit der mit der Narbe.
Sind ausgeschlagene Augen besser?
Da vorn ist ja ein Polizist! brüllt Erwin jetzt. Hierher!
Kommen Sie hierher! – Er läuft auf den Polizisten zu, der auf dem Bahnhofsparkplatz bei einem Opel steht und ein Strafmandat ausstellt.
Der Bärtige tritt gegen den Tisch, der aber nur leicht ins Schwanken gerät, der Lange wirft die zwei noch vorhandenen Papierstöße durch die Luft. Dann laufen beide weg. Kassbach läuft ein paar Schritte hinterher und wirft ihnen einen Kugelschreiber nach, weil er nichts anderes in der Hand hat. Die beiden stoßen ein paar Neugierige nieder und verschwinden über die Rolltreppe im Abgang zur Schnellbahnstation. Kurt und einige Passanten nehmen die Verfolgung auf. Der Polizist kommt zu spät, er kann nur helfen, die zum Teil verdreckten und zerrissenen Informationsblätter einzusammeln. Ein Passant bringt den von Kassbach geworfenen Kugelschreiber.
Die sind schon in der Schnellbahn drinnen und abgefahren, keucht Kurt im blauen Leibchen, der zum Tisch zurückkehrt.
Viecher, sagt Kassbach.
Gar nicht erst reden hätten wir mit denen dürfen, sagt der Narbige.
Mit denen kann man nicht reden, sagt Erwin.
Zusammenschlagen hätten wir sie müssen, sagt Kassbach und nickt.
Viele Passanten empören sich über den Zwischenfall und unterschreiben weiter, bevor sie in die Straßenbahnen und Busse steigen, weil sie auch ihr eigenes Todesurteil unterschreiben würden.

Ich weiß jetzt, was ich tun muß, um den Meerschweinchen bestimmte Laute zu entlocken. Wenn man sie zum Beispiel beim Nackenfell wie eine Hauskatze hochhält, ergibt das langes, lautes Quieken. Wenn ich sie am Bauch kitzele, gurren sie wie Kropftauben. Wenn ich ihnen über die Wohnkisten Salat- oder Löwenzahnblätter in einer für sie

nicht erreichbaren Höhe halte, stehen sie auf den Hinterbeinen und machen kurze Schreie.
Das Albino-Schweinchen habe ich seit dem zehnten Jänner ohne Nahrung in der Kiste: auch ohne Wasser oder Milch. Dem schwarzen gebe ich jeden zweiten Tag in einer Kaffeetasse Milch, aber ebenso nichts zu fressen. Beide halten also schon mehr als zwei Wochen aus. Das Albino-Schweinchen kann nicht mehr stehen.
Meerschweinchen, weiß ich, wollen immer auf allen vier Pfoten auf dem Boden sein. Ich nehme immer wieder das gleiche Meerschweinchen und halte es in der rechten Hand so, daß es auf dem Rücken in meiner Hand liegt. Wenn es strampelt, drücke ich fester zu, bis es wieder aufhört und sich ruhig verhält. Nach ein paar Stunden unternimmt es keinen Bewegungsversuch mehr, auch wenn ich alle Finger ausstrecke, und das Meerschweinchen frei auf meiner Handfläche liegt. Es hat begriffen, wo hier die Kraft ist.

Donnerstag. Im VW-Bus riecht es heute eher nach Zwiebeln und Knoblauch. Der Kegelabend findet im Sport-Center III statt, wo Walter schon am Montag eine Bahn bestellt hat. Hier sind acht Kegelbahnen. Es hallt wie in einer Fabrikshalle, die Kegel stürzen beinahe knatternd zu Boden.
Die Kellnerin ist entschieden zu alt. Am Tisch der Nebenbahn versucht ein mindestens Siebzigjähriger, der braungebrannt ist, ein Mädchen zu betatschen. Das Mädchen hat Gruben im Gesicht, wenn es redet.
Werner versucht die Unterhaltung in Schwung zu bringen und erzählt Witze aus der Straßenbahn-Zeitung. Es hat überhaupt keinen Zweck. Gegen zehn wird der Abend abgebrochen. Man versteht das eigene Wort nicht, sagt Erwin. Nächsten Donnerstag wird wieder im Hotel St. gekegelt.
Werner und Kassbach bleiben noch ein paar Minuten bei einer Würstelbude. Zwei Meter weiter unterhalten sich drei ausländische Studenten, die Zeitungen unter den Armen haben. Kassbach versteht kein Wort. So was bringt ihn in Wut.

Vor elf ist er schon zu Hause und steigt in die Filzpatschen, die beim Treppenaufgang nebeneinander liegen. Vera sitzt die vom Illustriertenarzt ihres Vertrauens empfohlenen drei Meter vor dem Fernsehapparat. Kassbach geht zweimal neben ihr auf und ab und verläßt darauf erneut das Haus.
Heute zahlt sich ein kleiner Beobachtungsspaziergang vielleicht noch aus. Seit vier Jahren macht Kassbach in unregelmäßigen Abständen, oft mehrmals in einem Monat, diese Spaziergänge. Er versucht möglichst nah an Erdgeschoßfenster der Villen oder Familienhäuser heranzukommen, um Vorgänge zu beobachten, die nicht für ihn bestimmt sind. Kassbach will die Aufregung spüren, wenn er sich an erleuchtete Fenster oder an vielversprechende parkende Wagen anschleicht. Er will wissen, was die Bewohner in ihren Häusern machen. Das ist ein Abenteuer. Beim Dentistenehepaar und beim Anwalt ist nichts los. Beim Haus der Lehrerin hat er Glück. Kassbach hat sie im letzten Jahr insgesamt viermal beobachten können; zweimal mit einem Mann. Außerdem ist die Lehrerin eine Frau nach seinem Geschmack: kräftige Beine und Arme; sehr behaart.
Die Lehrerin ist jetzt etwa im fünften Monat schwanger. Sie turnt auf dem Teppich: abwechselndes Heben der Beine, Atemübungen, Armkreisen, Rumpfkreisen, Preßwehenstellung. Dazwischen: Entspannungslage. Sie hat nur ein helles Höschen an. Kassbach bleibt im Dunkeln, im Schutz eines Fliederstrauchs, der nur wenige Meter vom Fenster entfernt ist. Schließlich läßt die Lehrerin die Jalousie runter. Kassbach muß jetzt vom Strauch weg, bis knapp vor das Fenster, um zwischen den Plättchen der Jalousie durchschauen zu können. Die Lehrerin schmiert aus einer Tube eine Salbe auf ihren Bauch und massiert ihn. Kassbach ist unruhig, weil er jetzt nicht sehr geschützt vor dem Fenster steht. Er will nicht entdeckt werden, im nächsten Moment will er entdeckt werden. Er stellt sich vor, wie er entdeckt, verfolgt und gestellt werden könnte. Die verläßlichen Folgen lassen ihn aber vorsichtig bleiben.
Die Lehrerin ist doch allein, es ist niemand bei ihr. Kassbach schwitzt zwischen den Fingern. Er besitzt die Lehrerin hier vom Beobachtungsposten besser, glaubt er, als wenn er drinnen bei ihr

im Zimmer, in ihrer tatsächlichen Nähe wäre. Beobachten muß er. Einfluß nehmen möchte er. In die Geschehnisse, deren stiller Beobachter er ist, will er von außen unbemerkt eingreifen. Er will sie verursachen. Das wäre es, das möchte er können. Hinter ihm passiert der letzte Linien-Bus.
Im Bett, während er zur Decke starrt, findet er sich ermüdet, friedlich. Jetzt könnte er ein Meerschweinchen streicheln.

(Kundentest.)
Ein plötzlicher Einfall war es, während einer TV-Belangsendung des Innenministeriums über *preisbewußtes* Einkaufen, ein Einfall, der Kassbach zuerst nur amüsiert hat, den er bald vergessen und schließlich wiederentdeckt hat. Kein schlechter Einfall und ein sicherer Beweis obendrein: Die Kunden sind Idioten. Mit dieser Gewißheit lebt Kassbach zwar bereits seit Jahren, ein so perfekter Beweis, wie er heute möglich wäre, ist ihm allerdings bisher noch nicht gelungen.
Am Morgen hat er auf den Verkaufstisch das Zehn-Liter-Glas mit Salzgurken gestellt. Er gibt heute Salzgurken einzeln oder zu je drei Stück ab. Auf dem Preisschild steht: 1 Salzgurke … 1 S 80 g, 3 Stück … 5 S 70 g.
Die meisten kaufen prompt drei Stück, obwohl die Salzgurken so teurer kommen.
Kassbach weiß auch ziemlich genau, wann er einmal ohne Risiko mehr verrechnen kann. Die Mehrzahl der Kunden rechnet ohnehin nicht nach und läßt die handgeschriebene Rechnung im Geschäft zurück. Für Alkoholisierte hat Kassbach ebenso einen sicheren Blick.

Am Samstag steht die Schober schon fünfzehn Minuten vor sechs mit ihrer Tochter beim Rollbalken des Gemüsegeschäftes. Kassbach kommt fünf Minuten vor sechs Uhr. Die Schober geht gleich wieder, nachdem sie Kassbach die Hand gegeben hat. Zur Tochter wird er Liesi sagen: den ganzen Vormittag über und in den nächsten Wochen auch. Er sagt ihr, daß die Preise ange-

schrieben sind. Höflichkeit ist alles für eine Verkäuferin, erklärt er. In die Nähe der Kassa läßt er sie nicht. Sie darf zwar addieren und den Preis aussprechen, aber bezahlt wird bei Kassbach.
Auch wenn nur ein Kunde im Geschäft ist, läßt er heute die Schober bedienen. Er beobachtet sie von seinem Campinghocker aus und vergißt dabei rasch, wie sie mit den Kunden umgeht. Ihre Beine kann er zwar nicht sehen, weil sie eine hellgrüne Hose anhat, aber er versteht es, sich einen ausgiebigen Blick auf ihren langgestreckten Nacken zu sichern. Er sitzt mit verschränkten Armen auf dem Hocker.
Wenn mehr Kunden da sind, spielt er den besonders Beschäftigten und streicht, so oft er nur kann, knapp an dem Mädchen vorbei. Anfangs entschuldigt er sich noch für seine Berührungen, denen er den Anschein der Zufälligkeit geben will.
Um zwölf reicht er ihr einen Zwanzig-Schilling-Schein. Sie steckt ihn in die rechte, vordere Hosentasche.
Wenn du also noch magst, sagt er, kannst du am Ersten anfangen. Das ist der kommende Dienstag.
Ich will schon, sagt sie.
Na dann, auf eine gute Zusammenarbeit, sagt er und weiß schon, wie blöd und unglaubwürdig er sich im Moment verhält. Sie hat bestimmt längst begriffen, das kleine Aas, die kleine Hure, die kleine Hexe, daß er den ganzen Vormittag hinter ihr her war.
Während des Heimfahrens im VW-Bus kommt Kassbach die Idee, ein Zimmer zu mieten. In dieses Zimmer müßte er sie bringen. Er hat vorläufig überhaupt noch keine Ahnung, wie er das anstellen könnte. Das Zimmer will er jedenfalls schnell besorgen. Gleich am Montag wird er sich darum kümmern.

Am Nachmittag ist er in der Gaswerk-Sporthalle, beim vorentscheidenden Kampf um die Staatsmeisterschaft im Stemmen. Bei jedem Stück Hals, obwohl nur Männer an den Tischen vor ihm sitzen, fällt ihm die Tochter der Schober ein. In einer Stehweinhalle beobachtet er eine Tarockpartie und schreibt dann aus dem Anzeigenteil einer Zeitung einige Telefonnummern in seinen Taschenkalender. Zur Abendsportsendung ist er rechtzeitig daheim.

Georg sitzt auf der untersten Stufe der Treppe und starrt zur Vordereingangstür, durch die Kassbach hereingekommen ist, der zuvor noch einen Blick auf seine Meerschweinchen gemacht hat.
Was ist los? will Kassbach wissen. Ist was?
Er ist betrunken, sagt Vera, die aus dem Bad kommt, das mußt du doch sehen, wieder einmal betrunken. Sie wartet nicht ab und geht in eines der Zimmer weiter.
Das Fußballspielen werd ich dir noch verbieten, droht Kassbach und will schon von der Treppe weg.
Ich bin gar nicht mehr beim Verein, sagt Georg und kichert.
So? Seit wann nicht?
Schon seit Weihnachten war ich nicht mehr beim Training.
Die Dressen und den Trainingsanzug hab ich zurückgegeben.
Und warum?
Fußballspielen macht dumm, sagt er; vor allem das Köpfeln!
Jetzt lacht er laut und sinkt gleich darauf erneut in seine Starrheit zurück. Kassbach geht dennoch ins Zimmer, zum Fernsehapparat. Er will sich gerade heute nicht auf eine Konfrontation mit Georg einlassen, er will sich mit seinen eigenen Gedanken beschäftigen. Ungestört. Vorerst verfolgt er allerdings die Sportsendung, nach deren Ende er den Stecker des Fernsehapparates aus der Steckdose zieht. Kassbach legt sich auf die Couch. Das Licht hat er abgedreht. Er schließt die Augen: Jetzt liegt der Nacken der Schober-Tochter auf einem Hackstock.

Sonntag. Das Albino-Schweinchen ist tot. Diesmal mache ich ein Grab neben der Bauhütte. Der Boden ist jetzt nicht mehr hartgefroren, fünf Spatenstiche reichen aus. Dann trete ich den Boden mit meinen Stiefelabsätzen wieder fest.
In einer Kiste sind zwei Männchen, die seit letztem Montag, also sieben Tage, nichts zu fressen bekommen haben. Sie vertragen sich trotzdem, gehen nie aufeinander los und sitzen dicht nebeneinander. Ich lege ihnen ein winziges Salatblatt in die Kiste. Sofort geraten beide Meerschweinchen in Zorn und wollen sich (jedes für sich selbst) das ganze Salatblatt sichern. Sie knirschen und klappern mit den Zähnen, stampfen auf den Kistenboden und treten sich gegenseitig

mit den Hinterfüßen. Dann gehen sie mit den Zähnen aufeinander los. Eines wird geringfügig verwundet. Bevor sich der Sieger über das Salatblatt machen kann, nehme ich es wieder an mich. Kurz danach sitzen beide Meerschweinchen wieder Körper an Körper.
Ein Angoraschweinchen, das schon mehrere Wochen trägt, setze ich zu einem Männchen, das ich zwar ausgiebig ernähre, das aber zwei Wochen allein in seiner Kiste war. Sogleich treibt das Männchen das Weibchen an den Wänden entlang vor sich her. Das Weibchen läßt sich nicht fassen. Einmal bespritzt es das grunzende Männchen richtig mit Urin. Jetzt erst wird das Männchen wütend und hackt von hinten mit seinen Nagezähnen zweimal kräftig in den Rücken des Angoraschweinchens, das sofort aus beiden Wunden Blut verliert. Dem Männchen ist das gleich, das Blut ist rosa.
Bevor ich zum Mittagessen ins Haus zurückgehe, setze ich das Weibchen in seine Kiste zurück, in der es sich schnellstens unter einem Heubüschel versteckt.

Kassbach hat zu einem Bericht, den er unter dem Titel „Dem Henker entkommen" in einer Schweizer Illustrierten gelesen hat, einen ausführlichen Leserbrief geschrieben, dessen letzter Absatz von derselben Illustrierten auf der Seite für Leserbriefschreiber unter der Überschrift „Tod für Mörder" in der zweiten Jänner-Nummer abgedruckt wird:
Ich bin der Überzeugung, daß alle Personen, die Menschen ermorden, hingerichtet werden sollen. Die Mörderinnen und Mörder sollen an den eigenen Leibern erfahren, wie es ist, vom Leben zum Tode befördert zu werden.

Am Montag, gleich nach acht Uhr, beginnt Kassbach die Telefonnummern zu wählen, die er sich vor zwei Tagen notiert hat. Es sind fast nur Vermittlungsbüros. Nur einmal ist eine Gebäudeverwalterin am anderen Ende der Leitung, der Kassbach seinen Besuch für 19 Uhr ankündigt.
Kassbach blättert in einer vollgeschriebenen Rätselzeitung mit Bikinibildern, bis drei Kunden auf einmal ins Geschäft kommen.

Die alte Kienzel, die den Hund draußen festgebunden hat, ist die letzte in der Reihe.
Einer, den Kassbach in seinem Geschäft noch nicht gesehen hat, der nur fünfzehn Dekagramm Champignons kauft, verläßt als erster wieder das Geschäft. Oben stürzt er über die Hundeleine, weil der Hund der Kienzel auf die andere Seite der Eingangstür gewechselt hat. Der Mann bleibt auf dem Gehsteig liegen, richtet sich sein verrutschtes Toupet und beginnt zu schreien. Kassbach ist mit zwei Schritten die Stufen oben, reißt die Tür auf, beachtet aber den am Boden Liegenden gar nicht, sondern packt den Drahthaardackel und schlägt mit der rechten Faust auf ihn ein, bis ihn mehrere Passanten daran hindern. Der Mann hat eine Kniescheibenzertrümmerung und wird mit einem Sanitätswagen ins Unfallkrankenhaus geführt. Der Dackel lahmt.

Um 20 Uhr ist das Zimmer bereits gemietet: ein Einzelraum in einem Zinshaus in der Herbststraße, mit einem Klo auf dem Gang. Kassbach zahlt 500 Schilling im Monat. Er kann sich jetzt schon komplette Erlebnisse mit der Tochter der Schober in diesem Zimmer denken, das er eben besichtigt hat, in dem aber nichts zu sehen war, weil der Raum noch leer steht. Die Wände haben Risse, ein Winkel ist bis in Kopfhöhe tapeziert, im Zimmer ist der Geruch einer unbenützten Waschküche, die Fensterscheiben sind mit Metallbändern mehrfach geflickt.
Kassbach ist trotzdem zufrieden. Der Geruch wird nicht bleiben, die Risse und die gestückelten Fenster stören ihn nicht. Er wird ein breites Bett hereinstellen, einen Tisch, zwei Stühle, vielleicht ein Radio. Das Zimmer hat kein Visavis. Darum hat Kassbach das Zimmer gleich genommen.

Georg ist im Kabinett, das für eventuelle Besucher gedacht ist. Er war am Samstag keineswegs betrunken, er ist es auch jetzt nicht. Er hat zwei Secanol geschluckt und sich auf einen Sessel beim Fenster gesetzt. Das Brummen einer Fleischfliege, das er verstärkt zu hören glaubt, treibt ihn zur Zimmertür, hinter der die Stimme seiner Mutter zu hören ist. Die redet oft und laut mit sich selber, vor allem, wenn sie nach Einbruch der Dunkelheit allein in den ersten Stock muß. Georg dreht sich im Kreis und versteckt sich unter dem Stahlrohrbett, dessen Umrisse er im Dunkeln erkennen kann.

Er hört die Schritte der Mutter auf dem Parkettboden vor der Tür. Kurz darauf steht sie im Kabinett, dreht das Licht auf und geht mit der Gießkanne zu den drei Blumenstöcken auf dem Fensterbrett. Hinter ihr kommt Kassbach leise ins Zimmer und drückt die Tür zu, ohne mit den Händen nach der Schnalle zu greifen. Vera stellt die Plastikgießkanne auf den dreibeinigen Tisch. Sie ist erschrocken, weil sie Kassbach nicht gehört hat.
Was ist? sagt sie.
Nichts, sagt er. Wirklich nichts. Ich bin gerade gekommen und hab dich raufgehen sehen. Da bin ich dir nach.
Du hast mich erschrecken wollen.
Das stimmt nicht, sagt Kassbach.
Es wäre ja nicht zum ersten Mal.
Du irrst dich, sagt er. Du hast mich nicht gehört, weil du beschäftigt warst.
Was ist los? sagt sie. Was ist mit dir los? Du bist betrunken.
Nein.
Bestimmt bist du betrunken. Deine Augen. Laß mich raus.
Kassbach drängt sie zum Tisch zurück, dreht den Schlüssel im Türschloß und zieht ihn ab.
Was soll der Blödsinn? sagt sie. Sie weiß, was folgt. Eigentlich berührt er sie schon seit Monaten nicht mehr. Nur wenn er etwas getrunken hat und zufällig eine Situation nach seinem Geschmack entsteht, macht er eine Ausnahme. Sie zieht ihren Pullover über den Kopf.
Du bist verrückt, sagt sie. Georg hat noch nie jemand gesehen, der so schnell seine Kleider abgelegt hat, wie jetzt seine Eltern, die er nur bis zu den Knien sehen kann. Kassbach schiebt die Mutter auf das Bett, dessen Einsatzverspannung tief nach unten durchhängt. Der Metallrahmen knarrt. Georg drückt sich noch fester gegen die Wand, er hat eine beinahe panische Angst, erwischt zu werden. Diese Angst hält ihn wach. Kassbach redet auf dem Bett auf seine

Frau ein, er ist nicht eine Sekunde still. Georg glaubt überhaupt nicht mehr, daß das alles jetzt, in diesem Augenblick, tatsächlich geschieht. Die Tabletten liegen im Röhrchen auf dem Tisch. Aber die sind ihm jetzt gleichgültig.
Die Mutter ist plötzlich still, der Vater redet noch immer, hört aber dann mitten im Satz auf. Georg merkt: Sie hat ihm etwas vorgemacht, um ihn dann sein Fiasko noch deutlicher spüren zu lassen. Kassbach schlägt sie ins Gesicht und springt aus dem Bett. Er rafft seine Sachen zusammen und wirft die Tür hinter sich zu. Oberhalb der Tür lösen sich Teile des Verputzes.
Die Mutter bleibt noch ziemlich lang auf dem Bett. Er befürchtet, daß sie seinen Atem hören könnte. Er mißt seinen Pulsschlag in kurzen Abständen, um nicht einzuschlafen: dauernd über 120, trotz der Tabletten, die eigentlich zur Beruhigung sind.
Endlich steigt die Mutter in ihre Hausschuhe, gießt die Kanne leer und zieht sich an. Nur die Unterhose behält sie in der Hand. Das Licht dreht sie ab. Georg will zur Sicherheit erst zehn Minuten abwarten, bevor er unter dem Bett hervorkriecht, schläft aber ein.

Kassbach steht in der Küche. Am liebsten würde er mit dem Brotmesser, das in der offenen Lade liegt, in die Tischplatte stechen. Er schneidet mit dem Geschirrtuch durch die Luft und verläßt dann ohne Mantel das Haus und geht auf Umwegen zum Wohnhaus der Lehrerin. Die ist sogar daheim und sitzt mit ihrem Freund auf der gepolsterten Bank. Die beiden reden und scheinen nicht die Absicht zu haben, das im Laufe des Abends zu ändern. Kassbach flucht, schleicht sich zur Straße zurück und holt seinen Wagen aus der Garage. Er fährt ein zweites Mal in die Herbststraße.
Die Glühbirne am Plafond ist kaputt. Er legt sich auf dem Bretterboden auf den Rücken, was ihm rasch zu unbequem wird. Mit dem Lift, einen Schilling muß er einwerfen, stürzt er sich wieder in die Tiefe. Ein oder zwei Stunden fährt er mit dem Bus in der Stadt herum. An einer Kreuzung will ein Polizist seinen Führerschein sehen und die vorgeschriebene Autoapotheke. Danach fährt er runter in den Prater, wo auf den größeren Parkplätzen

Fernlaster über die Nacht stehen, wo auch (nach 20 Uhr) unter den Kastanien eine Menge Prostituierte aufs Mitnehmen warten. Kassbach hält an, stellt den Motor ab und schaltet das Abblendlicht aus. Er hat eine lohnende Aussicht auf zwei jüngere Prostituierte, die auf der anderen Straßenseite abwarten, recht häufig in Autos mitgenommen, aber schon nach kurzer Zeit immer wieder zurückgebracht werden. Die kleinere, stellt Kassbach fest, ist nie mehr als zwölf Minuten weg. Die andere ist einmal sogar schon nach sechs Minuten zurück. Als eine dritte von rechts auf Kassbachs Auto zukommt, startet er und fährt heim.
Die Nacht verbringt er wieder auf der Couch.

(Kassbachs Auszeichnungen:)
Besitzzeugnis. Dem Unteroffizier Karl *Kassbach*, 6./Panzer-Regiment 3 ist auf Grund seiner am 19. Juli 1943 erlittenen 1-maligen Verwundung das *Verwundetenabzeichen* in *Schwarz* verliehen worden. Diverse Stabsquartiere, den 23. Juli 1943. Rochert, Major und Abt.-Kommandeur.

Im Namen des Führers verleihe ich dem Uffz. Karl Kassbach, 6./Pz. Rgt. 3 das *Kriegsverdienstkreuz 2. Klasse mit Schwertern.* Im Felde, am 1. Sept. 1943. Becker, Generalleutnant.

Besitzzeugnis. Dem Oberfeldwebel *Karl Kassbach*, 7./Panzer-Regiment 3 ist auf Grund seiner am 13. August 1944 erlittenen 3-maligen Verwundung oder Beschädigung das *Verwundetenabzeichen* in *Silber* verliehen worden. Im Felde, den 1. 10. 1944. Krott, Major und Abt.-Kommandeur.

Die Medaille *Winterschlacht im Osten 1941/42 (Ostmedaille)* hat Kassbach nicht bekommen. Weshalb, weiß er auch nicht.

(Gerda W., 23, Kellnerin:)
Er pfeift manchmal, wenn er allein auf sein Bier wartet oder beim Bier sitzt, aber so, daß man ihm lieber den Mund zuhalten möch-

te, immer irgendwas, das gerade vorher im Musikautomaten dran war. Ich hab einmal zu meiner Mittagszeit neben ihm Schokoladepalatschinken gegessen. Zuerst hat er auf mein Gesicht gestarrt, ich hab ihn nicht angeschaut, dann hat er fortwährend auf meinen Teller gestarrt und richtig beeilt hat er sich, um mit seinem Bier fertig zu werden und auf die Straße zu kommen. Er hat irgendwas gesagt, ich könnte beim besten Willen nicht mehr sagen, was es war, aber er hat was gesagt, ist aufgestanden und raus, die Straße rüber in sein Geschäft. Ich hab mir noch gedacht, der hat sie nicht alle beisammen. Was? Ich? Ich hab ihm keine Veranlassung dazu gegeben, oder mache ich einen solchen Eindruck? Am Nachmittag ist er zahlen gekommen. Er hat mit keinem Wort, keiner Andeutung mehr den Vorfall erwähnt oder einen Grund dafür angegeben. Ich habe natürlich auch nichts mehr gesagt und der Wirt schon gar nicht.

Am Dienstag ist die Liesi zum ersten Mal richtig in Kassbachs Geschäft. Ihr Berufsschultag, da ist nichts zu machen, ist der Freitag. Ausgerechnet, denkt Kassbach, der Freitag paßt Kassbach gar nicht, weil Freitag am meisten los ist im Geschäft. Schon am Dienstagvormittag setzt er seine kleinen Berührungen fort. Das Mädchen hat diesmal eine blaue Hose an.

Das Mittagessen wärmt sich Kassbach auf dem einflammigen Propangaskocher, die Liesi wickelt ein Speckbrot aus einer Blumenserviette. Kassbach bietet ihr den Platz auf seinem Campinghocker an, während er mit dem Rücken zu ihr stehen bleibt und direkt aus dem Aluminiumtopf ißt.

Was ist deine Meinung von mir? fragt er plötzlich und macht eine schnelle, halbe Drehung.

Ich habe keine, sagt sie und wischt ein paar Brösel von ihrer Hose auf den Steinboden.

Was heißt: Ich habe keine? Du mußt ja eine Meinung von mir haben.

Habe ich noch nicht, sagt sie beharrlich und steckt den letzten Bissen ihres Brotes in den Mund.

Gehe ich dir auf die Nerven?

Nein.
Du kannst es sagen.
Wirklich nicht.
Was sagt deine Mutter über mich?
Zu mir sagt sie gar nichts.
Sie muß doch was über mich sagen. Das glaube ich ganz einfach nicht. Bestimmt redet sie von mir. Ich will wissen, was sie so sagt. Was sagt sie denn?
Sie ist froh, daß ich nicht mehr in der Schneiderei bin.
Wieso?
Fragen Sie meine Mutter doch selbst. Ich weiß es nicht.
Kassbach macht eine Unterbrechung. Er stellt jetzt den leeren Topf in das Waschbecken und läßt lauwarmes Wasser ein, dessen Temperatur er mit dem rechten Mittelfinger prüft.
Bin ich zu neugierig?
Nein.
Zu aufdringlich?
Ich glaube nicht.
Das bedeutet, du hast Verständnis.
Verständnis? Wofür?
Für meine Lage.
Ich versteh Sie nicht.
Tatsächlich nicht?
Vielleicht, sagt sie zögernd.
Ja oder nein?
Nein.
Sie steht auf und geht vor das Geschäft. Kassbach will sie zurückrufen, überlegt es sich aber im gleichen Augenblick anders. Sie wirft die zerknüllte Serviette auf das Kanalgitter, das direkt vor dem Geschäft ist, und steigt mit dem Fuß auf die Serviette. Über ihre Schlagfertigkeit, die einem Außenstehenden unglaubwürdig erscheinen könnte, wundert sich Kassbach keineswegs. Die hat er schon bei seinem Lehrling im letzten Jahr beobachten können. Der hatte auf jeden Fall erhebliche Intelligenzdefekte, aber eine Antwort hat er immer gewußt.
Kassbach schweigt den Nachmittag durch. Die richtige Vorgangsweise, um an das Mädchen heranzukommen, muß er sich erst

einfallen lassen. Vorläufig bleibt er ratlos, obwohl er seine Chance zu spüren glaubt. Den ganzen Nachmittag über ist sie nicht einmal einen Sprung von ihm entfernt. Er möchte sie festhalten. An den Oberarmen. Niederdrücken und festhalten.
Als sie nach sechs, Kassbach hat die Haupttür schon abgeschlossen und einen Teil der Innenbeleuchtung abgedreht, durch die Hintertür auf den Gang will, umklammert er ihren linken Armknöchel.
Sie tun mir weh, sagt sie.
Du könntest ruhig du zu mir sagen, sagt Kassbach und hält sie weiterhin fest.
Bitte. Du tust mir weh.
Er läßt sie los. Sie läuft auf den Gang, auf dem er das sich entfernende Klappern ihrer Schuhe hört. Kassbach taumelt zum Verkaufspult und stößt gegen die Obstwaage. Den Rest der Beleuchtung schaltet er jetzt auch ab.

(Essen und Trinken.)
Am liebsten trinkt Kassbach kühles Flaschenbier mit wenig Kohlensäure und am Morgen Kakao. Am Donnerstag ißt er Spinat mit Spiegelei und gekochtem Rindfleisch, am Freitag gebackene Fischfilets, am Sonntag bevorzugt er kalte Platten. Am Weihnachtstag gibt es Französischen Salat, zu Stefani: Gans. Gern ißt er Eiernockerln, Lungenbraten und Gulasch. Für einen guten Bauernschmaus fährt er kilometerweit. Erbsen mit Speck könnte er essen bis zur Vergasung.

Bei einem Altwarenhändler findet Kassbach zwei geeignete Betten und einen Schreibtisch. Er zahlt gleich. Der Altwarenhändler übernimmt auch den Transport. Die beiden Betten läßt Kassbach in der tapezierten Ecke zusammenstellen, der Schreibtisch kommt vor das rechte Fenster.
Aus dem Keller seines Hauses bringt er zwei Sessel in die Wohnung, in die Fensterstöcke schlägt er Nägel, an denen sich nötigenfalls Decken befestigen lassen. Die Decken sind bereits vor-

handen. Die Birne am Plafond wird erneuert. 60 Watt hält Kassbach für ausreichend.

Am Donnerstag ist Kassbach speiübel, schon in der Früh. Er überlegt, ob er den Kegelabend auslassen soll. Er geht zum Telefon, will Erwin oder Walter verständigen, legt aber dann doch auf, bevor er die vollständige Nummer gewählt hat. Er trinkt zwei kleine Fläschchen Magenbitter leer und preßt den Magenbittergeruch aus dem Mund unter die Nase.

Die Liesi läßt er sogar kassieren. Er setzt sich nur mit dem Hocker neben die Kasse und kontrolliert, was sie auf die Tasten drückt und wieviel Geld sie reinlegt oder herausnimmt. Er beschäftigt sich erneut mit ihrem Nacken, den er fast schon vergessen hatte. Sie könnte, wenn es nach seinen Wünschen ginge, ruhig einmal ein Kleid oder einen Rock anziehen. Er bedauert es, daß sie Hosen zu bevorzugen scheint. Kassbach stützt sich mit dem rechten Ellbogen auf die kleine Verkaufstischfläche, die zwischen der Kasse und der Waage bleibt. Er verfolgt jede Bewegung des Mädchens, interessiert sich für jedes Detail. Zum Beispiel weiß er nach wenigen Minuten, wieviele Schritte sie zum Sauerkrautfaß und wieviele zur Tiefkühltruhe benötigt. Kassbach öffnet seinen obersten Hemdknopf.

In einem Augenblick ohne Kunden fragt er sie, sich uninteressiert zeigend, was sie so macht, wenn sie hier bei ihm fertig sei. Kino, ist ihre Antwort. Kino und Platten hören. Sie beschäftigte sich im nächsten Moment schon wieder mit ihrem Strohhalm, der in einem Tetrapack-Orangensaft steckt. Kassbach spürt eine Möglichkeit.

Ich habe einen Plattenspieler, sagt er.

Na und? sagt sie, die gleich wieder den Strohhalm in ihren Mund schiebt.

Du kannst ihn haben, erklärt er und macht eine einladende Bewegung mit dem linken Arm.

Ich hab einen, sagt sie.

Vielleicht ist meiner besser, sagt Kassbach. Auf jeden Fall ist er neu.

Brauchen Sie ihn nicht mehr?
Kaum. Fast nie. Ich komme nie dazu.
Dann bringen Sie ihn mir mit. Ja?
Anschauen solltest du ihn dir zuerst, sagt Kassbach und schöpft erneut Hoffnung.
Wo ist er denn? Haben Sie ihn hier?
Nein. Er ist bei mir.
Bei Ihnen. Da geh ich nicht hin. Ich geh doch nicht zu Ihnen.
In meiner Zweitwohnung ist er; nicht bei mir daheim. Ich habe noch eine andere Wohnung.
Sie machen mir Spaß! ruft sie aus und schüttelt sich vor Lachen. Das glaubt doch kein Mensch, kein Mensch glaubt das! Für wie blöd halten Sie mich?
Ich halte dich nicht für blöd. Bestimmt nicht.
So ahnungslos bin ich nicht. Ich weiß doch, was Sie wollen.
Kommst du? sagt Kassbach. Er schaut auf den Boden und drückt die fünf Fingerspitzen der rechten Hand kräftig gegen die Fingerspitzen der linken.
Ja, sagt sie.
Im Ernst?
Ja.
Wann geht es sich aus? fragt er und steht auf.
Bei mir: immer.
Ist dir morgen recht?
Ja, sagt sie ein drittes Mal.
Kassbach will nach ihrem Unterarm greifen. Sie zieht sich sofort Richtung Sauerkrautfaß zurück. Er will auf sie zugehen. Sie geht noch weiter weg.
Ich komme Ihren Plattenspieler anschauen, sagt sie und lacht ihn aus.
Verflucht, sagt er fast verzweifelt, sich plötzlich an seine Übelkeit erinnernd. Ja, sagt jetzt er und nimmt sich den letzten Magenbitter aus dem Karton.

(Lektüre.)
Die übliche Tageszeitung kauft Kassbach im Papiergeschäft oder

in der Tabak-Trafik. Den *Kamerad*, die *Nation Europa* und die Fernsehillustrierte hat er abonniert. Im einzigen Buchregal stehen hinter geschliffenem Glas Bücher von seiner Mutter, die er nie aufgeschlagen hat. Er selbst besitzt die Gesammelten Werke in 8 Bänden von E. G. Kolbenheyer und einige Bände der Soldatenbücherei, die er sich 1943/44 auf dem vorgeschriebenen Dienstweg beschafft hat:
Alfons von Czibulka: Der Münzturm (Band 11), Hans Grimm: Novellen aus Südafrika (Band 12), Wilhelm Raabe: Abu Telfan (Band 29), Hans Tolten: Die Herde Gottes (Band 27), Konrad Beste: Gesine und die Bostelmänner (Band 28) und Horst Wolfram Geissler: Der liebe Augustin (Band 17).
Im Juli 1943, auf der Heimfahrt nach seiner ersten Verwundung hat Kassbach ein Gedicht geschrieben, das im Oktober 1943 in einem Sonderheft der *Soldatenblätter für Feier und Freizeit* veröffentlicht wurde. Das Heft ist Kassbach verlorengegangen. Das Gedicht kann er auswendig.

Heute fahren sie in Walters Fiat. Kassbachs Übelkeit ist weg, dafür hat er jetzt Kopfschmerzen. Der jugoslawische Kellner kann sich gleich erinnern.
Bahn drei, sagt er, ich weiß. Er bringt vier Spielkarten und nimmt die Bestellung entgegen. Nun wird auseinandergehoben, die zwei Karo-Karten sind eine Mannschaft. Kassbach nimmt die Karte, die zum Schluß auf dem Tischtuch bleibt: Er kegelt mit Erwin zusammen. Der Einsatz und das Spielgeld wird auf den Tisch gelegt. Walter wirft den ersten Zehner ein und drückt auf den Knopf, unter dem *Abräumen* steht, während das Serviermädchen die ersten vier Bier zum Tisch bringt.
Erwin und Kassbach gewinnen. Jetzt wird zum zweiten Mal gehoben. Wieder sind Kassbach und Erwin in einer Mannschaft. Das Serviermädchen bringt schon in ihrer leicht gebeugten Haltung die zweiten vier Bier; allerdings nur Flaschen, keine neuen Gläser.
Schlamperei, sagt Erwin und winkt den Kellner an den Tisch. Die Gläser fehlen.

Sie haben ja Gläser, sagt der Kellner.
Die sind vom ersten Mal, sagt Werner und zeigt auf die Gläser, in denen noch Bierschaum klebt.
Bedaure, sagt der Kellner und dreht sich vom Tisch weg. Das ist in Ordnung.
Schweinerei! schreit Werner. Walter nimmt sein leeres Glas und läßt es zu Boden fallen, wo es zersplittert. Der Kellner kommt zum Tisch zurück. Er versucht, sich seine Aufregung nicht anmerken zu lassen.
Das haben Sie absichtlich gemacht, sagt er.
Wie können Sie das behaupten? fragt Walter. Haben Sie es gesehen?
Gesehen nicht. Ich weiß es.
Das Serviermädchen kommt mit Besen und Schaufel aus dem Abstellraum. Der Jugoslawe hindert sie am Wegräumen und hält die Schaufel Walter vor den Kopf.
Na räumen Sie schon weg, sagt Erwin.
Das werden Sie selbst machen.
Der ist sich zu gut, spottet Werner.
Sie haben es absichtlich gemacht, wiederholt der Kellner.
Setzen Sie das Glas eben auf die Rechnung, fordert ihn Walter auf.
Das geschieht auf jeden Fall.
Jetzt räumen Sie endlich weg, die Scherben weg, damit wir weiterkegeln können, sagt Walter. Er steht auf. Er wartet auf einen Angriff, der ihm die Möglichkeit zur Selbstverteidigung geben würde. Der Jugoslawe rührt sich nicht von der Stelle.
Wir beschweren uns, droht Erwin.
Chef ist nicht da, sagt der Kellner, jetzt beinahe gleichgültig. Er schiebt das Serviermädchen vom Tisch weg und geht selbst zum Tisch der Bahn eins. Die Schaufel und den Handbesen läßt er in den Scherben liegen. Walter setzt sich hin und läßt seinem Zorn freie Bahn.
Was man sich gefallen lassen muß von dem Scheißjugo, sagt er. Gesindel. Scheißslawen. Den erwisch ich noch.
Jetzt nicht, sagt Kassbach. Die verständigen die Polizei.
Erwin schiebt die Scherben mit dem rechten Fuß unter den Tisch.

Der Kellner läßt gleich darauf bezahlen und nimmt keine weitere Bestellung entgegen.
Sie bekommen nichts mehr, sagt er. Bei mir nicht.
Die vier bleiben trotzdem, weil noch Geld im Kegelautomaten ist. Walter ist blaß vor Wut, es juckt ihn in den Händen. Kassbachs Blick hält ihn auf der Sitzbank. Aufgeschoben ist nicht aufgehoben, sagt Werner und findet es beachtlich, daß ihm das gerade jetzt eingefallen ist. Allen ist klar, daß für den Jugoslawen eine Lektion fällig ist.

EIN GANZES VOLK!

Ein ganzes Volk in Waffen,
wer zwingt es in die Knie?
Es mögen viele fallen,
doch unser Volk stirbt nie!

Ein ganzes Volk in Waffen,
kein Feind es zwingt und schlägt,
solang noch eine Mutter
ein Kind am Herzen trägt.

Ein ganzes Volk in Waffen,
wer zwingt es in die Knie?
Mag mich die Kugel treffen,
ich weiß, mein Volk stirbt nie.

Juli 1943 Unteroffizier Karl Kassbach

Freitag. Am Vormittag hängt Kassbach für wenige Minuten sein Pappschild an die Tür: Komme gleich. Im Elektrogeschäft kauft er um 889 Schilling einen Koffer-Plattenspieler, obwohl er nicht besonders daran glaubt, daß die Liesi heute nach der Berufsschule ins Geschäft kommt.
Das hätten Sie erleben sollen, sagt die atemlose Pelinka, die die Stufen von der Geschäftstür herunterkommt, als Kassbach eben das Schild in die Lade zurücklegen will.

Daß es so etwas gibt, sagt sie und schnauft nach Luft. Nicht einmal in den Park kann man seine Kinder unbeaufsichtigt lassen.
Was ist denn? sagt Kassbach.
Ein älterer Mann, ein Pensionist wahrscheinlich, angeblich aus dem Männerheim, ist in den Sträuchern gestanden und hat sein, na ja, sein Dings, Sie wissen schon, hergezeigt. Ein paar Leute sind ihm dann nachgelaufen. Der ist zum ausgebrannten Kinderspital hinüber, in das sich keiner mehr reintraut, weil Einsturzgefahr ist. Eine Frau hat die Polizei gerufen. Wir sind alle unten bei der Ruine geblieben.
Da gehört kurzer Prozeß gemacht: Schwanz ab! sagt Kassbach und hält Zeigefinger und Mittelfinger der rechten Hand wie eine Schere.
Nicht notwendig, sagt die Pelinka. Der ist tot, müssen Sie wissen. Die Polizei hat ihn nämlich nur mehr tot gefunden. Er hat sich im ersten Stock aufgehängt.
Feige Sau, sagt Kassbach.

(Helga N., 57, teilweise gelähmt, Verkäuferin in einer Trafik:)
Ein netter Herr, der Herr Kassbach, ich sage Ihnen, zuvorkommend, höflich, ein Kavalier der alten Schule. In der Früh hebt er mir hin und wieder die Zeitungsstöße, die mir zu schwer sind, auf den Tisch. Er kauft immer nur die Zeitung. Er raucht nämlich nicht, leider nicht. Ja, das ist wohl sein einziger Fehler.

Eine halbe Stunde vor Ladenschluß steht die Liesi auf den Stufen. Kassbach wartet hinter der Kasse. Was ist mit dem Treffen? sagt sie.
Komm rein, sagt Kassbach, weil sie mit einer Hand die Tür hält.
Ich komm um sechs her.
Hierher kannst du nicht kommen, das geht nicht. Auf keinen Fall. So zeitig kann ich hier auch gar nicht weg. Um sieben beim Juwelier Hingst.
Auch gut, sagt die Liesi, macht die Tür hinter sich zu und geht nach der rechten Seite davon.

Kassbach schließt pünktlich, er beeilt sich in den Wagen und fährt in die Herbststraße, wo er im Zimmer den Plattenspieler auf den Schreibtisch stellt. In der Likörstube an der Ecke kauft er einen Doppelliter „Bürgerstolz".

Rechtzeitig um sieben biegt er in die Straße, in der der Juwelier Hingst sein Geschäft hat. Kassbach läßt den Wagen langsam rechts zum Gehsteig rollen. Die Liesi öffnet die Tür.
Beeil dich, sagt er. Hat dich wer gesehen?
Nein, sagt sie. Die Plattentasche mit den roten Querstrichen legt sie auf ihre Oberschenkel.
Hast du aufgepaßt?
Ja. Ich glaub nicht, daß mich wer gesehen hat.
Kassbach gibt Gas und fühlt sich erst ein paar Straßenkreuzungen weiter sicherer. Die Liesi zündet sich eine Mentholzigarette an und hält Kassbach die Schachtel hin. Er lehnt ab. Gleichzeitig überlegt er, ob er die rechte Hand auf ihr Knie oder auf ihren Oberschenkel legen kann. Er kommt mit seinen Überlegungen zu keinem Ende.
Den VW-Bus stellt er hundert Meter vor dem Haustor ab und greift nach dem Hals der Rotweinflasche.
Ich gehe zuerst ins Haus, sagt er. Du gehst einmal um den Häuserblock und kommst dann rauf.
Welche Türnummer?
29. Im Haus ist es besser, wenn du dich beeilst. Mir ist lieber, es sieht dich niemand.
Sie drückt die Seitentür auf und wirft die halb gerauchte Zigarette auf den Gehsteig, wo sie weiterglimmt.
Kassbach verschließt ihre Tür von innen und läßt sie einige Meter vorgehen. Er weiß, daß alle diese Vorsichtsmaßnahmen unsinnig sind. Wer soll ihn hier kennen? Wer soll hier etwas verdächtig finden?
Bevor er zum Haustor geht, steigt er auf die Zigarettenglut, die das Mädchen auf den Gehsteig geworfen hat.
Im Zimmer hängt er seinen Rock über eine Sessellehne. Jetzt fällt ihm erst ein, daß er keine Gläser hat und erst recht keinen Korkenzieher. Aus dem Rock nimmt er den Mundspray und sprüht

sich ausreichend Duft zwischen die Zähne. Gegen den Körperschweiß ist nichts zu machen.
Die Liesi klopft. Er macht ihr die Tür auf und hinter ihr wieder zu. Den Mantel legt sie über seinen Rock.
Das ist ja nur ein Zimmer, sagt sie.
Mir genügt es, sagt er. Sie gibt keine weitere Antwort und geht zum Fenster, geht aber vom Fenster gleich wieder weg, weil das Fensterbrett zu weit unten ist.
Der Plattenspieler steht auf dem Schreibtisch, sagt er, du kannst ihn gleich ausprobieren. Er will es mit Sachlichkeit probieren. Aber vielleicht ist Taktik gar nicht nötig. Schließlich ist sie ja mitgekommen, sie muß sich ja was gedacht haben. Sie ist nicht dumm, hat die Schober gesagt. Die Liesi bleibt unbewegt mitten im Zimmer.
Willst du was trinken? Ich hab die Flasche mitgenommen. Leider hab ich die letzten Gläser zusammengeschlagen.
Er will den Eindruck erwecken, daß er dieses Zimmer schon längere Zeit und nicht erst seit vier Tagen besitzt. Sie will nichts trinken, trotzdem drückt er den Stoppel mit dem Daumen in die Flasche.
Das Mädchen kann keine Steckdose finden. Kassbach weiß selber nicht, wo hier eine Steckdose ist, entdeckt aber rechtzeitig eine bei der Tür. Er hebt den Plattenspieler auf den freien Sessel.
Der wackelt, sagt sie und stellt den Plattenspieler auf den Boden. Kassbach befördert den Sessel zurück zum Schreibtisch. Sie fragt ihn, was er hören will, während sie die Abdeckhaube vom Plattenspieler nimmt. Kassbach versteht ihre Aufforderung und sieht das Plattenalbum durch. Er hat keine Ahnung, sie merkt das auch und legt eine Platte auf. Zuerst stimmt die eingestellte Geschwindigkeit nicht. Dann funktioniert es doch: eine Musik, die Kassbach nur vom Abdrehen kennt. Er kratzt das Preisschild von einer der Seitenflächen der Abdeckhaube.
Die Liesi setzt sich auf den Sessel, den Kassbach eben geschoben hat, und hält ihr Album. Er hockt sich neben sie und schaut mit, während er die Hände auf ihre Unterschenkel legt. Sie reagiert nicht, aber sie zieht die Beine auch nicht weg. Kassbach wagt sich trotzdem nicht weiter, er bleibt in der Hocke, die ihn zu schmer-

zen beginnt, bis die Platte zu Ende ist. Der Plattenspieler stellt sich selbst mit einem Knacksen ab. Die Liesi steht auf und wechselt die Platte. Kassbach, hinter ihr, ist froh, daß er sich aufrichten kann. Die Musik bleibt die gleiche, Kassbach geht erneut neben dem Mädchen in die Hocke. Jetzt umfaßt er mit beiden Händen ihr linkes Knie. Sie blättert in ihren Platten, die sie sicherlich auswendig kennt. Beim nächsten Knacksen des Plattenspielers fragt Kassbach, ob sie nicht was anderes dabei hat.
Was Langsames wahrscheinlich?
Ja.
Sie nimmt eine Platte mit grüner Beschriftung aus einem Umschlag. Die Platte gefällt Kassbach auch nicht, aber sie ist tatsächlich langsam.
Tanzen? sagt sie.
Was?
Tanzen.
Bevor er etwas sagt, bevor er überhaupt darüber nachdenken kann, legt sie ihre Hände auf seine Schultern und schaut im gleichen Moment zum Fenster. Er legt seine Hände auf ihren Rükken. Schon nach fünf Takten preßt er sich gegen sie, die nach ein paar weiteren Takten ihre Wange an seine Wange legt. Er streichelt ihren Rücken und läßt, als die Platte zum zweiten Mal läuft. seine Hände auf ihren Hintern sinken. Küssen läßt sie sich nicht. Jetzt weiß Kassbach wieder nicht, wie er sich verhalten soll. Nach dem Ende der Platte bleiben sie stehen. Er will ihr die Bluse aufmachen. Sie schaut wie vorhin zur Seite. Er bekommt die Knöpfe nicht auf.
Mach sie auf, bettelt er, zieh sie aus. Sie öffnet die Bluse tatsächlich und wirft sie auf das Bett. Jetzt ist sein Blick auf ihren viel zu großen Büstenhalter frei. Kassbach will weiterhin langsam bleiben, den Zögernden spielen, obwohl er ihr alles runterreißen könnte.
Den BH auch, sagt er und hustet, weil seine Stimme heiser geklungen hat.
Bist du verrückt? sagt sie und stellt bei der Tür den Plattenspieler an. Während des Tanzens tastet er sich mit den Händen zu den Haken ihres Büstenhalters auf dem Rücken. Sie wartet ab und stößt ihn, als er endlich bei den Haken ist, von sich weg.

Entschuldige, sagt er, obwohl er ihr eine runterhauen möchte. Gleich darauf ist die Platte wieder zu Ende.
Es geht nicht, sagt sie. Heute nicht.
Was geht nicht? sagt er.
Die rote Tante aus Amerika.
Wer ist das? Was ist mit der?
Die ist auf Besuch.
Das verstehe ich nicht.
Wenn du das nicht verstehst, kann ich dir auch nicht helfen. Jetzt muß ich aufs Klo. Wo ist das hier?
Sie zieht die Bluse wieder an, knöpft sie zu und steckt den unteren Saum in die Hose. Er erklärt ihr, wo das Klo auf dem Gang ist, und gibt ihr den Schlüssel. Während sie draußen ist, macht er einen Schluck aus der Rotweinflasche und durchsucht ihren Mantel. Außer ein bißchen Watte in der rechten Manteltasche ist nichts zu finden. Jetzt begreift er.
Du bist unwohl, sagt er, als sie ins Zimmer zurückkommt und ihm den Schlüssel hinhält.
Bist du jetzt draufgekommen?
Du hättest es sagen können.
Wie? fragt sie und geht zu ihrem Mantel, in dessen rechte Tasche sie wahrscheinlich nicht verwendete Watte stopft.
Nimmst du keine Tampons? fragt er. Das interessiert ihn wirklich.
Nein.
Tampons nehmen doch alle.
Die tun mir weh.
Kassbach setzt sich auf das Bett. Jetzt weiß er endgültig nicht mehr, was er tun soll. Er wackelt mit den Beinen und drückt seine Fäuste in die Matratzen.
Willst du dich nicht doch ausziehen?
Nein.
Nur oben, sagt er. Da ist nichts dabei. Ich will dich sehen.
Von mir aus, sagt sie schließlich nach einer Pause und zieht die Bluse über den Kopf aus, nachdem sie nur die obersten zwei Knöpfe geöffnet hat. Kassbach steht schon neben ihr. Beim Büstenhalter zögert sie noch einmal, schaut auf Kassbachs Kopf und

nimmt ihn doch ab. Sofort kommt sie ganz nah, drückt sich an ihn, sodaß er wieder nichts sehen kann.
Ich genier mich, sagt sie.
Warum?
Ich bin eben noch kindisch, sagt sie, da sie das Gegenteil hören möchte. Kassbach sagt das Gegenteil und beginnt, sie langsam von seiner Brust wegzudrücken.
Ich will dich sehen, sagt er und hält ihre Arme hoch. Dann streichelt er ihre Brüste, die nicht viel größer sind als seine eigenen, wenn er sich weit vorbeugt. Er bewegt sie zum Bett, er tastet sie ab, schließlich kniet er sich neben sie hin. Jetzt werden Fragen gestellt, beschließt er. Jetzt wird er sie vernehmen. Heute ist der passende Tag dafür.
Hast du einen Freund?
Sicher.
Einen richtigen Freund? Du weißt schon, was ich meine.
Ist das wichtig?
Für mich schon. Freilich ist das wichtig.
Nein, habe ich nicht.
Hast du schon einen gehabt? fragt er. Er muß fragen, er muß sie so ausfragen, aushorchen. Wenn er könnte, würde er mit einer Verhörlampe in ihr Gesicht zielen. Er spricht schnell.
Nein, sagt sie.
Das glaube ich dir nicht.
Das ist mir egal, ob du das glaubst, sagt sie und schiebt seine Hand von ihrem Bauch.
Du hast also noch keinen Freund gehabt? sagt er und bewegt die Hand wieder auf sie zu.
Ich hab schon gesagt, nein!
Aber du onanierst doch.
Darauf gibt sie keine Antwort. Er streichelt sie wieder, sie wehrt sich nicht.
Also doch?
Ja.
Und es gefällt dir?
Ja, sagt sie laut, es gefällt mir. Sie setzt sich ruckartig auf und dreht ihm den Rücken zu. Er bewegt seine rechte Handfläche zwi-

schen ihren Schulterblättern und überlegt den nächsten Angriff, den er aber erst unternimmt, als er sie wieder auf das Bett gedrückt hat.
Wann machst du das? Wie oft?
Jeden Tag. Fast jeden Tag.
Hast du schon mit anderen zusammen onaniert?
Ja.
Mit Burschen auch?
Ja. Auf der letzten Schullandwoche.
Er hält sie noch immer fest und bewegt seinen Kopf über ihren. Sie befreit sich und steigt aus dem Bett.
Ich will nicht schmusen, sagt sie. Ich geh jetzt.
Warum? sagt er und bekommt wieder keine Antwort. Sie schließt den Büstenhalter und zieht sich in ihre Bluse zurück. Kassbach steht auch auf. Sie lacht, weil seine Hose vorne weit absteht.
Das ist nicht zum Lachen, sagt er und macht ein Gesicht, das so etwas wie Kränkung zeigen soll. Ich mag dich.
Und deine Frau haust du auf die Seite.
Die ist nicht da, sagt er. Die ist doch nicht da.
Sie hat schon ihren Mantel an und schweigt. Er schickt sie wieder vor. Als er ihre Schritte im Stiegenhaus nicht mehr hört, sprüht er seinen Mund mit Atemfrische nach und dreht die Glühbirne ab. Im Auto läßt er seine rechte Hand fast ununterbrochen auf ihren Knien, nimmt sie nur zum Schalten weg. Er achtet darauf, möglichst wenig zu schalten. Beim Juwelier hält er an, auf der anderen Straßenseite.
Kommst du noch einmal? fragt er und hält ihr linkes Knie fester.
Ja, sagt sie. Ich hab die Platten vergessen.
Kassbach wendet mit dem Wagen und fährt zum dritten Mal heute in die Herbststraße. Im Zimmer ist noch der Geruch des Mädchens. Er trinkt aus der Doppelliterflasche und legt sich aufs Bett. Vielleicht kann er sie dazu bringen, ihn auszufragen. Sicher, irgendwie würde das schon gehen. So schlecht ist es ja bis jetzt auch nicht gegangen.
Er macht Einzelheiten aus den letzten zwei Stunden ausfindig, deren Bedeutung er erst jetzt festlegt. Nach einem weiteren Schluck Wein drückt er sich an die weißlackierte Tür, dann an die Fen-

sterscheiben. Das ist nicht gefährlich, weil das Zimmer ja kein Gegenüber hat.
Das nächste Mal soll sie gefälligst einen Rock anziehen. Er wird ihr sagen, daß sie einen Rock anziehen soll. Er wird es ihr sagen.

Das Angoraschweinchen hat endlich seine Jungen. Es sind drei: ein schwarzes und zwei weiß-braun gefleckte. Das Männchen, das eine dritte Woche (diesmal ohne Futter) in seiner Kiste war, setze ich sofort dazu, als ich die Jungen entdecke. Das Männchen treibt sie einzeln von der Alten weg, trampelt auf ihnen herum und beißt sie schließlich tot. Zum Teil frißt es sie auch. Nicht einmal fünf Minuten benötigt es dafür. Diesmal hackt ihn das Weibchen: in den Bauch und in den Hals.
Ich werde meine Versuche ausdehnen, auf Menschen erweitern: Experimente, die vorläufig nur in meinen Gedanken stattfinden können. Eventuell kaufe ich mir Kaninchen. Nach Ostern, da ist das allgemeine Interesse an Kaninchen weg und der Preis dementsprechend niedrig.

Erwin hat, wie verabredet, den jugoslawischen Kellner beobachtet und festgestellt, wann und wo er am leichtesten zu überraschen ist. Der Kellner verläßt die Kegelbahn gewöhnlich zwanzig Minuten nach Mitternacht, geht über die Schienenstraße, biegt an der nächsten Ecke nach rechts und geht diese Gasse bis zur Ausstellungshalle einer englischen Autofirma vor, wo immer Parkplätze frei sind. Dort steigt der Kellner regelmäßig in seinen verrosteten Fiat 600.
Auf der anderen Seite ist eine Spenglerei, ein Sattler, ein Kindergarten und eine Schule. Die Lage ist ausgesprochen günstig, sagt Erwin, die einzig mögliche Gefahr, die aber auch kaum ernstzunehmen ist, besteht durch den Schulwart, der im Erdgeschoß der Schule seine Dienstwohnung hat. Erwin verständigt alle drei telefonisch. Als Zeitpunkt wird Donnerstag, 21 Uhr, als Ort das Wirtshaus *Fuhrmann* vereinbart.

(Adolf Hitler.)
Für Kassbach ist es Hitlers Verdienst, Deutschland aus der jahrzehntelangen Bedeutungslosigkeit befreit zu haben. Er selbst hat Hitler nie gesehen. Im März 1938 war er als Werkschüler in den Ternitzer Schoeller-Stahlwerken, wo der Verantwortliche für die Werkschule, der drei Tage zuvor noch für Schuschniggs Volksabstimmung geworben und von der unbedingten Abwehr des deutschen Nationalsozialismus gesprochen hatte, am gleichen Tag, als Hitler im Heldenplatz-Jubel der Wiener war, um seine Position zu halten, den „über Nacht hereingebrochenen Frühling“ begrüßte.
Im übrigen besteht Hitler für Kassbach in der starren Erinnerung an Bilder, Posen und Sätze:

Der Stärkere hat zu herrschen und sich nicht mit dem Schwächeren zu verschmelzen, um so die eigene Größe zu opfern. Nur der geborene Schwächling kann dies als grausam empfinden, dafür aber ist er auch nur ein schwacher und beschränkter Mensch; denn würde dieses Gesetz nicht herrschen, wäre ja jede vorstellbare Höherentwicklung aller organischen Lebewesen undenkbar. Jedes Tier paart sich nur mit einem Genossen der gleichen Art. Meise geht zu Meise, Fink zu Fink, der Storch zur Störchin, Feldmaus zu Feldmaus, Hausmaus zu Hausmaus, der Wolf zur Wölfin. Der Fuchs ist immer ein Fuchs, die Gans eine Gans, der Tiger ein Tiger usw., und der Unterschied kann höchstens im verschiedenen Maße der Kraft, der Stärke, der Klugheit, Gewandtheit, Ausdauer usw. der einzelnen Exemplare liegen. Es wird aber nie ein Fuchs zu finden sein, der seiner inneren Gesinnung nach etwa humane Anwandlungen Gänsen gegenüber haben könnte, wie es ebenso auch keine Katze gibt mit freundlicher Zuneigung zu Mäusen.

Der Terror ist das wirksamste aller politischen Mittel. Ich werde mich nicht eines solchen berauben, nur weil es diesen einfältigen bürgerlichen Waschlappen einfällt, daran Anstoß zu nehmen. Es ist meine Pflicht, jedes Mittel anzuwenden, um das Deutsche Volk zur Härte zu erziehen. Ich verfahre im Krieg nicht anders. Die grausamste Kriegsführung ist die mildeste. Ich werde durch den überraschenden Einsatz meiner Mittel Schrecken verbreiten. Auf den plötzlichen Schock eines furchtbaren Todesschreckens kommt es an.

Dieses zweite Zitat, das Kassbach wie das andere auf einem linierten, zweifach gefalteten Blatt in seiner Brieftasche hat, ist für ihn die Erfolgsrichtung für die INITIATIVE, denn die INITIATIVE ist es, die endlich nach endlosen, legalen Vergeblichkeiten, zur Zeit zwar noch als kleine Gruppe, jedoch konsequent dieses Hitler-Wort anwenden will. Das Verursachen von Unsicherheit muß zur Stärkung der INITIATIVE, muß überhaupt zur Stärkung der Rechten führen. Kassbach (und auch die Führung der INITIATIVE) denken aber für spätere Aktionen nicht nur an anonyme Täter. An die Möglichkeit, durch Anschläge, für die durch Ablenkungsmanöver bestimmte Personengruppen oder gleich eine größere Bewegung verantwortlich gemacht werden könnten, den Feind überraschend und noch wirkungsvoller zu treffen, ist bereits wieder gedacht.

Kassbach bremst seinen Wagen ab. Sie sind zu viert vom Gasthaus *Fuhrmann* hierher gefahren. Zehn Minuten vor zwölf. Dienstag. Erwin steigt aus, er geht den Weg, den der Jugoslawe zu seinem hellblauen Fiat nehmen soll, zurück. Es gibt jetzt keine Passanten mehr. Hinter einem Kleinwagenanhänger gegenüber dem Eingang stellt er sich auf. Er schaut nach oben, auf die Häuserfronten vor ihm: kein offenes Fenster, kein Kopf.

Die anderen bleiben im VW-Bus, den Kassbach vor der Einfahrt zur Volksschule geparkt hat. Um zwölf geht jedes zweite Straßenlicht aus. Eine Viertelstunde nach zwölf kommt der Kellner zusammen mit dem Serviermädchen aus dem Nebeneingang des Hotels. Erwin befürchtet, daß das Mädchen mit dem Jugoslawen zum Auto gehen könnte, obwohl es bestimmt nicht erheblich mehr Schwierigkeiten verursachen würde. Sie biegt aber doch gleich in die Gasse neben dem Hotel ein, in der sie ein paar Hausnummern weiter ein feuchtes Parterrezimmer hat. Der Jugoslawe geht über die Straße, seinen Mantel hält er in der linken Hand. Die letzte Straßenbahn ist längst vorbei. Erwin hält einen Abstand von 50 Metern ein.

Bei der Drogerie biegt der Jugoslawe, wie beobachtet, nach rechts. Jetzt können ihn die drei im Auto schon erkennen. Der Jugoslawe ahnt nichts, er bleibt noch bei einem Beleuchtungsmast stehen, legt sich den Mantel über die Schulter und pißt. Als er sich umdreht, zum Wagen weitergehen will und bereits in seiner Rocktasche nach dem Wagenschlüssel greift, bemerkt er Werner, Walter und Kassbach, die nebeneinander höchstens fünf Meter vor ihm stehen. Er dreht sich um und sieht Erwin näherkommen, der ihm den Fluchtweg nach hinten versperrt. Der Jugoslawe sagt kein Wort, schreit auch nicht um Hilfe. Den Schlüssel in der Tasche läßt er los und greift nach dem Messer, das in der gleichen Tasche ist. Die drei vor ihm kommen näher. Er zieht sein Messer aus der Tasche, das er noch während des Herausnehmens aufklappen läßt, springt auf den ersten los, das ist Werner, und sticht mit dem Messer zu. Das Messer reißt Werner die Hose auf, verletzt ihn aber nur leicht an der Außenseite des linken Oberschenkels. Walter tritt dem Jugoslawen mit der Stiefelspitze das Messer aus der Hand, das unter einen Lastwagen rutscht. Kassbach, der jetzt hinter dem Jugoslawen steht, schlägt mit seinem Revolver hin, den er im Mantel mitgenommen hat. Der Jugoslawe fällt um, mit dem Gesicht wieder gegen Walters Stiefelspitze. Er will auf dem Asphalt liegen bleiben, aber Erwin packt ihn beim Rockkragen und beim Ärmel, zieht ihn hoch und tritt ihm ein Knie in den Rücken. Werner hält jetzt das Springmesser, das er unter dem Lastwagen hervorgeholt hat. Der Jugoslawe blutet aus der Nase. Erwin und Kassbach halten ihn an den Armen fest, während Walter ihn ohrfeigt, auf die bereits zerschlagene Nase und in den Unterleib schlägt.

Der Jugoslawe krümmt sich zusammen, kommt mit der linken Hand los und krallt sich mit den Fingernägeln in Kassbachs rechte Wange. Kassbach läßt ihn ganz aus und fängt ebenfalls mit den Fäusten an. Werner drängt ihn weg. Er sagt: Ich mach ihn auf. Dann sticht er zweimal mit dem Messer zu. Der Jugoslawe fällt wieder flach hin und bewegt sich nicht mehr.

In Kassbachs VW wird nicht gesprochen. Kassbach hat sich ein Sacktuch auf die stark blutenden Risse geklebt. Werner, der direkt hinter ihm sitzt, umklammert das Messer immer noch.

In der Wasnergasse hält Kassbach den Wagen neben der Augartenmauer an. Er wechselt das Taschentuch, und Werner wirft das

Messer in die Mülltonne, die gleich neben dem Wagen steht. Um ein Uhr hat Kassbach alle abgesetzt. Bei jeder Kreuzung überprüft er jetzt, ob seine Schußwaffe noch da ist, und sucht seinen Mantel nach Blutspuren ab. Er findet keine. Dann hat er den Einfall, noch einmal durch die Gasse zu fahren, in der sie den Jugoslawen überfallen haben. Diesmal kommt er aus der anderen Richtung. Der Jugoslawe ist weg. Sein Fiat auch. Polizist ist keiner zu sehen. Nur der Mantel des Jugoslawen liegt noch auf dem Gehsteig. Nicht einmal eine Blutspur kann Kassbach erkennen, weil er es nicht wagt, langsamer zu fahren.
Krepiert ist der also nicht, denkt Kassbach und tritt aufs Gas.

Kassbach ist jetzt wieder vollkommen unsicher, ob die Liesi am Freitag kommen wird. Vielleicht will sie ihn hinhalten. Er ist nicht dazu fähig, sie im Geschäft direkt danach zu fragen. Er bleibt in größerer Distanz zu ihr als in der vorigen Woche.

16. Oktober 1941

Liebe Mutter!

Vor allem einmal herzliche Grüße und Küsse von Deinem Jungen. Bin gesund und munter, was ich auch von Dir hoffe und von ganzem Herzen wünsche. Ich verstehe jeden Tag mehr, welche Möglichkeiten ich bereits als Achtzehnjähriger habe, die Gleichaltrigen noch vor einem Jahrzehnt verstellt gewesen sind. Hier, im Krieg, an der Front, wird man schnell reifer, erwachsen. Ich, wir alle sind mittendrin in der größten Entscheidung dieses Jahrhunderts. Trotzdem denke ich oft daran, was nachher sein könnte, wenn dieser Krieg zu Ende ist. Das dauert aber nie lange, denn zuerst müssen wir diesen Krieg gewinnen, denn sonst ist jeder Gedanke sinnlos, wenn wir als Knechte und nicht als freie Menschen leben müßten.
Heute Nachmittag nahm ich an einer Reinigung des Lagers teil. Dabei wurden 76 Personen erschossen. Es ist wahr: Je öfter man tötet, desto leichter wird es. Ein Glück, daß meine Erziehung

nicht im Nachgeben bestanden hat. Nerven sind Luxus, Angst und Nachsicht auch. Schließlich sind es ja Russen, die wir hier töten, Asiaten. Ich habe das Gefühl, mich mit hundert Russen messen zu können. Unser Ziel ist, hat der Major gesagt, die Vernichtung. Das ist mehr als bloß zerstören.
Meinen Brief vom letzten Freitag wirst Du ja inzwischen schon erhalten haben. (Es hat mich auch nicht gestört, daß Dein letzter Brief nur mit Blei geschrieben war.) Sei nicht besorgt. Ich spüre, daß mir nichts geschehen kann.

Mit den besten Grüßen und Küssen (meine Schwester nicht vergessen)

Dein Karl.

Mittwoch, 16. Februar. Um 18 Uhr 30 ist die Gründungsversammlung der INITIATIVE in der *Glocke*. Lothar K., der (wie fast alle Teilnehmer an der Versammlung wissen) Schutzhaftlagerführer war, ist schon eine ganze Stunde vorher in der *Glocke*. Er besichtigt das Extrazimmer, das ja fast als Saal zu bezeichnen ist: die umgestellten Tische, seinen Platz. Er läßt die dicken Vorhänge vor die Fenster ziehen. In seiner Begleitung sind zwei junge Burschen in grauen Anoraks. Zur Absicherung der Versammlung genügen wenige Männer, weil die Wahl auf den Saal in der *Glocke* nicht zufällig gefallen ist. Der schmale Gang kann leicht abgesperrt werden, einen zweiten Zugang gibt es nur über den Hof eines Nachbarhauses, was aber kaum jemand bekannt ist.
Kassbach ist ab 18 Uhr da. Lothar K. hat gedruckte Adressenlisten auf dem Tisch vor sich liegen, Kassbach nimmt sich eine Liste, auf der etwa 90 Namen und Adressen stehen. K. gibt keine Auskunft, er ist mit Vorbereitungen beschäftigt. Trotzdem erfährt Kassbach gleich, zu welchem Zweck die Listen ausgegeben werden. Bei den Namen handelt es sich um linke Studenten, unbequeme Gewerkschafter und ein paar Journalisten. Die sind irgendwann fällig, sagt einer zu Kassbach. Niemand bleibt ohne diese Information. Mit diesen kleineren Aktionen will und wird sich die INITIA-

TIVE planmäßig gar nicht erst beschäftigen. Die Liste ist eine Aufforderung für individuelle Initiativen der Mitglieder.
Um 18 Uhr 15 kommt ein Anruf, daß sich Demonstranten, die die Versammlung hier sprengen wollen, ein paar Straßen weiter bei einem Kino versammeln. Der Anruf kommt vom nächsten Wachzimmer. K. und die anderen Führer nehmen diese Nachricht ohne größere Aufregung zur Kenntnis. Damit haben sie gerechnet, da ja verschiedene Stellen in den letzten Wochen verhindert hatten, daß der INITIATIVE für die Gründungsversammlung ein anderer, größerer Saal zur Verfügung gestellt wird. Die Besitzer mußten ihre bereits gegebenen Zusagen zurücknehmen.
Dort, wo in der Gaststube für das gewöhnliche Publikum der Gang zum Extrazimmer beginnt, wird ein breiter Tisch umgelegt, hinter dem die beiden in den Anoraks und zwei andere, die später gekommen sind, Aufstellung nehmen. Neben ihnen stehen Bierkisten mit leeren Flaschen.
Die Versammlung nimmt pünktlich ihren Anfang. K. informiert die Anwesenden sogleich darüber, daß die Versammlung von Linken gestört werden soll, worauf eine kurze Unruhe an den Tischen entsteht. Kämpfen! schreit Walter, der neben Kassbach sitzt. K. sagt außerdem, daß nicht daran gedacht sei, die Zusammenkunft hier vorzeitig abzubrechen, den Roten zu weichen. Eine eigentliche Gefahr bestehe keineswegs. Zudem sei die Polizei ja für die klaglose Abwicklung der Versammlung verantwortlich.
Darauf kommt er auf die Unterschriftenaktion zu sprechen, die nach der Zwischenbilanz das gesteckte Ziel von 10.000 Unterschriften schon weit übertroffen habe. Bis gestern, sagt K., waren es insgesamt 16.580 Unterschriften. Die Unterschriftenaktion verläuft also zufriedenstellend und wird noch weiterhin fortgesetzt.
Um 18 Uhr 40 kommen die ersten Demonstranten in die Gaststube. Die vier Aufpasser hinter den Tischen sind vorbereitet. Sie schlagen Bierflaschen in Scherben und schleudern die Flaschenhälse, ohne irgendwelche Worte zu verlieren, gegen die Eintretenden, die nicht mehr zurück können, weil immer mehr von der Straße in die vordere Gaststube nachdrängen. Innerhalb weniger Sekunden sind drei am Kopf verletzt. Dreckige Arschlöcher, schreit einer der Flaschenwerfer. Erst jetzt entsteht ein kräftiges

Drängen zum Ausgang, das die Tür bersten läßt. Einer der Verwundeten stürzt, die zwei in den Anoraks sind schon hinter dem Tisch hervor und über ihm. Sie treten den am Boden Liegenden mit den Füßen, bis er aufsteht und auf den Gehsteig taumelt, wo er zum zweiten Mal hinfällt. Die Demonstranten, die keinerlei Taktik abgesprochen haben, die diese Demonstration, weil keine Zeit blieb, nicht richtig vorbereiten konnten, laufen ziemlich hilflos auf dem Gehsteig vor dem Wirtshaus und der anderen Straßenseite hin und her. Einige holen Steine.

Kassbach stellt sich in den schmalen Verbindungsgang, obwohl die Versammlung trotz des Zwischenfalls, der drinnen nur akustisch wahrzunehmen war, ungestört weitergeht, um einen Blick auf die Leute zu werfen, die hier hereinwollen. Einige jüngere Männer, Studenten, denkt Kassbach, probieren es noch einmal, werden aber wieder mit den gefährlichen Wurfgeschossen vertrieben. Abermals werden zwei verletzt. Wie die Lemminge, sagt Kassbach zu Werner, der hinter ihm steht. Ganz einfach Idioten, sagt Werner.

Die Demonstranten versammeln sich nun endgültig auf den gegenüberliegenden Gehsteigen des Eckwirtshauses, Sprechchöre werden organisiert: Nazi raus! Nazi raus! Nazi raus! In der engen Gasse hallt das immerhin ausgiebig, obwohl nur etwa 300 Demonstranten hier sind. Einer der Verletzten liegt in einer Hauseinfahrt; mit dem Kopf in der eigenen Blutpfütze. Die Hausmeisterin, die ein Telefon hat, läßt niemand zu ihrem Apparat. Ich will damit nichts zu tun haben, wiederholt sie in gleichmäßigen Abständen hinter der geschlossenen Wohnungstür.

Schließlich sind die Steine da. Von allen Seiten beginnen die Demonstranten auf die großen Scheiben des Gasthauses zu zielen. Die meisten Fenster sind schnell zerstört; auch die Coca-Cola-Reklame über dem Eingang. Nach einer weiteren Minute kommt das erste Überfallkommando an. Die Stahlhelmpolizisten sichern zuerst nur die Vorderfront des Gasthauses ab. Erst als der zuständige Polizeioffizier bemerkt, daß in der Seitengasse weiter mit Steinen geworfen wird, läßt er auch dort eine Polizeikette bilden. Die Sprechchöre bleiben: Nazi raus! Nazi raus! Po-li-zisten schützen Faschisten!

Drinnen im Versammlungsraum spricht ein Redner, der eigens aus Regensburg gekommen ist, über die *rote Pest*, die ihm in der Demokratie zu geschützt ist. Die Rettungswagen bringen mehrere Verletzte weg. Staatspolizeiwagen sind auch da, und ein paar Herren, die in ihrer dunklen Auffälligkeit mit Hut nicht zu übersehen sind, machen Fotos von den Demonstranten. Einige Demonstranten sorgen mit spöttischen Gesten dafür, daß sie besonders gut ins Bild kommen.
Zwei weitere Überfallkommandos treffen ein. Der Polizeisprecher fordert über einen Lautsprecher zum Heimgehen auf. Das sei eine nicht angemeldete Demonstration, und wenn dieser Aufforderung nicht in entsprechender Zeit nachgekommen werde, übernähme die Polizei für überhaupt nichts eine Verantwortung. Es gibt nur Pfiffe und lautere Sprechchöre: Nazischützer! Nazischützer! Nazischützer! Vereinzelt werden noch Steine über die Köpfe der vor dem Gasthaus aufgefädelten Polizisten in die noch ganz gebliebenen Fenster geworfen. Einige versuchen die Polizisten in Gespräche zu verwickeln:
Wissen Sie, was da drinnen los ist?
Sicher.
Und das stört Sie nicht?
Ich bin kein Nazi, aber das da drinnen ist eine ordnungsgemäß angemeldete und nicht untersagte Versammlung. Eure Demonstration ist nicht angemeldet.
Sie schützen also die Nazi?
Ich kann nichts machen, das müssen Sie doch einsehen, daß ich nichts machen kann.
Sie können sich ja weigern.
Sie haben keine Ahnung, Sie wissen gar nicht, was Sie da sagen.
Weigern Sie sich doch.
Hau ab! Du verstehst das doch nicht.
Sie haben gar nichts gelernt aus dem Krieg.
Schleich dich. Die da drinnen haben die Fenster jedenfalls nicht eingeschossen.
Auf der Eingangsseite des Wirtshauses gibt es jetzt neue Sprechchöre: Kapitalismus führt zum Faschismus! Der Polizeioffizier gibt den Befehl, die Demonstranten mindestens hundert Meter

vom Eingang wegzudrängen. Die Polizisten aus den später gekommenen Wagen werden dafür eingesetzt. Einigen Demonstranten ist gleich klar, wozu dieses Manöver unternommen wird: Die Versammelten sollen ungefährdet ins Freie kommen. In mehreren geschlossenen Reihen gehen die Polizisten gegen die Demonstranten vor. Die meisten laufen weg, andere Demonstranten bleiben stehen und werden weitergestoßen, ein paar, die sich wehren, werden verprügelt, bis sie ebenfalls zurückweichen. Nach nicht ganz zehn Minuten ist der Befehl ausgeführt.

Die Mehrzahl der Versammelten verläßt um 20 Uhr 30 das Gasthaus und sucht das Weite, weil sie doch durch die zahlenmäßige Überlegenheit der Demonstranten, die zwar zur Zeit von der Polizei zurückgehalten werden, eingeschüchtert ist. Immerhin ist die Versammlung bis zum Ende gekommen. Auch K., der zuerst bleiben will, fährt nach einem kurzen Gespräch mit dem Einsatzleiter der Polizei in einem Taxi ab. Walter, Werner und Kassbach geben nicht auf, sie machen einen großen Bogen um mehrere Häuserblocks und mengen sich unter die Demonstranten. Die Polizisten ziehen sich plötzlich, nachdem das Gasthaus leer ist, in ihre offenen Wagen zurück. Nur der Eingang wird noch bewacht. Die Demonstranten versammeln sich wieder um das Wirtshaus und behalten ihre Sprechchöre bei. Ein paar Hausbewohner schimpfen aus den Fenstern und schütten kaltes Wasser auf die Demonstranten.

Werner und Kassbach drängen einen Kleinen ab, zerren ihn in einen Hausflur. Im Durcheinander vor dem Wirtshaus fällt das kaum auf. Der Kleine bemerkt zuerst auch gar nicht, was hier passiert. Walter, der nachkommt, schlägt ihm im Haus dreimal in den Magen.

Der Herr Jud ist immer dabei, sagt Kassbach, schaut dabei dem Demonstranten in die Augen und lacht. Der Hoeß hat deinen Vater vergessen, sagt Werner. Kassbach tritt mit den Schuhspitzen zu. Der Getroffene fängt zu schreien an und wird jetzt tatsächlich gehört. Walter zieht dem Schreienden die Beine weg. Die zwei, die ihm Hauseingang stehen, ducken sich, als Kassbach und die beiden anderen auf sie zulaufen und in der Menge unbemerkt entkommen. Der überfallene Demonstrant blutet aus einer Wun-

de am Hinterkopf. Er und ein paar andere gehen auf das nächste Wachzimmer, wo sie eine Anzeige gegen unbekannte Täter erstatten wollen. Zwei Uniformierte lassen sie drei Stunden warten. Ihre Anzeige wird nicht entgegengenommen, wegen ihrer Beteiligung an der nicht angemeldeten Demonstration werden sie dafür vorläufig unter Arrest gestellt. Einer der Uniformierten spricht von 30.000 Schilling Schaden.
Das ist Eigentum, sagt der zweite Polizist mit einem Blick auf die festgehaltenen Demonstranten.
Ihres? sagt einer der Demonstranten im blauen Hemd und schaut auf den glatten Steinboden.

(Geburtstag.)
Georg wird siebzehn. Vera Kassbach hat wie immer das Tischtuch gewechselt und den Tisch hergerichtet. Das Geschenk ist ein Kassetten-Recorder. Die Tochter ist auch da mit ihrem Mann und dem Baby. Vor dem Essen wird mit Weißwein angestoßen. Kassbach sagt, daß er (der Georg) jetzt immerhin schon siebzehn sei. Fast erwachsen, ergänzt er. Beim zweiten Anstoßen fällt Georg das Glas auf den Boden und zerspringt. Kassbach versetzt ihm links und rechts eine Ohrfeige. So alt kannst du gar nicht werden, sagt er.

(Traum I.)
Kassbach kitzelt jemand, der zuerst eine Frau, später ein Mann ist: vor allem an den Fußsohlen und auf dem Rücken, bis sich diese Person nicht mehr bewegen kann und wie tot auf dem Rücken liegen bleibt. Er will sämtliche Körperöffnungen dieser bewegungslosen Person zunähen, wird aber von einem Uniformierten ins Freie zu irgendeinem Auto geschickt. Auf der Rückfahrt, der Uniformierte hat gesagt, daß es eine Rückfahrt ist, bemerkt Kassbach in allen Bächen, Flüssen, Pfützen, Teichen und Brunnen Grönlandwale. Einer, der sich jetzt hinter ihm aufrichtet, befiehlt, daß Kassbach 124mal „Katz und Maus“ sagen soll. Kassbach weigert sich, reißt den Rückspiegel aus der Halterung und wirft ihn

aus dem Fenster. Unmittelbar darauf kommt die Kreuzung, die kein Ende nimmt, auf der unterschiedliche Ampeln mit unbekannten Farben und unkontrollierte Zustände sind. Kassbach drückt auf die Hupe. Er sitzt jetzt auf einem Ringelspieldreirad, das (begleitet von Salutschüssen) in einen Kopfbahnhof einfährt.

(Lokales.)

Eigenbericht.
In den frühen Morgenstunden des Mittwochs wurde der jugoslawische Kellner Milan P. auf dem Heimweg überfallen und durch zwei Messerstiche verletzt. Die Täter flüchteten. Der Überfallene konnte trotz seiner schweren Verletzungen in seinen Wagen steigen und bis zum nächsten Wachzimmer fahren, wo er den diensthabenden Wachbeamten weckte. Milan P. wurde unverzüglich in das Allgemeine Krankenhaus gebracht. Sein Zustand wird von den Ärzten zwar als ernst bezeichnet, Lebensgefahr dürfte jedoch keine mehr bestehen.
Obwohl der Jugoslawe noch nicht einvernommen werden konnte, hat die Polizei nach ihren vorläufigen Ermittlungen ein türkisches Brüderpaar festgenommen, das der Tat dringend verdächtig ist. Milan P. war mit der Schwester der Brüder befreundet. Die Festgenommenen, die im Vorjahr schon einmal wegen mehrerer Diebstähle in Haft waren, leugnen bisher jeden Zusammenhang mit dem Überfall.

Eigenbericht.
Tierrettung, Feuerwehr und auch die Sanität mußten ausrücken, um die Folgen einer häuslichen Auseinandersetzung, die sich Mittwochabend in einer Wohnung in der Leopoldstraße abspielte, zu beseitigen. Der 27jährige Robert Mörzinger hatte seinen Affen – einen sechsjährigen Kapuzineraffen, der seit zwei Jahren als Haustier dient – gerade gestellt, als er ein Ei grapschte. Der Affe reagierte auf die Vorhaltungen seines Besitzers empfindlich. Er stürzte sich auf das Herrl und biß es ins Bein. Die schnelle Flucht ins nahegelegene Klosett rettete den Attackierten. Die 24jährige

Gattin flüchtete mit ihren beiden Töchtern – vier und zwei Jahre alt – in ein Nebenzimmer, bis die von der Nachbarin alarmierte Tierrettung den tobenden Affen mit einem Netz einfing. Robert Mörzinger wurde ins Elisabethspital eingeliefert.

Agentur-Meldung.
Am Mittwoch fand in den Räumen des Weinhauses *Die Glocke* die Gründungsversammlung des Vereines INITIATIVE statt. Die Versammelten wurden von in erster Linie jugendlichen Demonstranten, die die INITIATIVE als neofaschistische Organisation bezeichneten, überfallen. Das Gasthaus wurde schwer in Mitleidenschaft gezogen. Die Höhe des Schadens ist zwar noch nicht endgültig geklärt, soll aber nach bisherigen Angaben über 40.000 Schilling ausmachen.
Zwei Sicherheitsbeamte und mehrere Demonstranten wurden leicht verletzt. Die Polizei nahm, nachdem sie durch Lautsprecher die Auflösung der Demonstration gefordert hatte, mehrere Verhaftungen vor. Wie ein Sprecher der Sicherheitsdirektion bekanntgab, ist noch mit weiteren Verhaftungen zu rechnen.
Die Versammlung der INITIATIVE ging in der Folge unter dem Schutz der Polizei unbehindert zu Ende. Eine Untersagung des Vereines durch die Vereinspolizei ist nicht zu erwarten.

Kassbach bleibt auch am Donnerstag zurückhaltend. Die Liesi geht zum Mittagessen nach Hause. Kassbach denkt in der Zwischenzeit alle Möglichkeiten durch, kommt aber immer wieder zum gleichen Bild: Er fragt sie mit vorgehaltener und entsicherter Waffe. Ihr bleibt nur die Antwort: ja.
Am Nachmittag ändert sich gar nichts. Ein Bier im Magazin macht ihm auch nicht mehr Mut. Vor dem Weggehen legt die Liesi zwei kleine Schallplatten ohne Umschlag auf das Verkaufspult.
Die kannst du gleich mitnehmen, sagt sie. Die hab ich hergeborgt.
Heißt das, daß du morgen kommst?
Ich hab ja gesagt, daß ich komme.
Ich war mir nicht sicher, sagt Kassbach, der eine berechnend aufgebaute Falle immer noch für möglich hält.

Warum?
Das weiß ich auch nicht, ich war eben nicht sicher, sagt Kassbach und schließt die Gangtür ab. Sie geht vor ihm die Stiegen hinauf. Er steht beim Lichtschalter.
Ich habe einen Wunsch, sagt er und sagt das sehr rasch.
Was?
Kannst du morgen ein Kleid anziehen?
Ich hab keines.
Du wirst doch ein Kleid haben. Das gibts doch gar nicht, daß du kein Kleid hast.
Nur das schwarze, das ich fürs Begräbnis bekommen habe.
Einen Rock wirst du aber wenigstens haben?
Ja.
Ziehst du ihn an?
Sie verläßt ohne Antwort das Geschäftslokal. Als er den Rollbalken absperrt, ist sie schon nicht mehr zu sehen. Kassbach hat zwei Flaschen Bier mitgenommen.

Dieses Haus ist nahezu perfekt. Es gibt nur das Erdgeschoß und zwei Hausteile: die Zellen und die Räume. Die Zellen, es sind insgesamt vierzehn, liegen wie Umkleidekabinen in städtischen Badeanstalten nebeneinander auf einem langen Gang. Auf der anderen Seite sind zwei Kontakträume, der Operationssaal, ein Labor, ein Kühlraum, eine Wärmestube, das Turnzimmer, der Raum für die Diener und mein Direktionszimmer, in dem ich auf einem Fernsehschirm jederzeit jeden Winkel dieses Hauses einsehen kann. Vor den furnierten Türen liegen schwarze, gerippte Gummimatten.

Die drei Diener sind eigentlich keine Silbe wert, sie sind eben Diener, die zu nichts außer zum Dienen fähig und bestimmt sind. Einer hat einen Buckel, die beiden anderen sind blind. Die Diener sperren sich Abend für Abend in ihr Zimmer, in dem sie auf dem Boden schlafen. Zu von mir verfügten Zeiten schieben sie den täglich gleichen Fraß in die Zellen, die so klein sind, daß ein ausgestrecktes Liegen unmöglich ist. Die Zellen sind alle gleich ausgestattet: Eine Bretterbank, ein Geduldsund Geschicklichkeitsspiel, ein zweckloser Kleiderhaken, Lino-

leumböden, für gewöhnlich keine Beleuchtung. Die Zelleninsassen sind nackt.

Die Frau aus Kabine fünf ist noch keine dreißig. Die Diener haben ihre Achsel- und Schamhaare wegrasiert. Ich binde den mitgenommenen Strick um ihren Hals und ziehe sie, da sie nicht nachgeben will, auf den Gang. Zuerst wollte ich ein Hundehalsband verwenden, aber jetzt schon weiß ich, daß sich der Strick besser bewährt: Die Frau macht keinen Versuch mehr, auch nicht den geringsten, ihre Ablehnung, ihre Angst, ihren Zorn zu zeigen. Ich nenne sie Hannelore.
Ich gehe, und sie rutscht hinter mir, um den Strick nicht ein zweites Mal straff werden zu lassen, auf den Knien nach, am Operationssaal und am Kontaktraum B vorbei ins Turnzimmer. Bevor ich ihr den Strick abnehme, schnalle ich sie auf einen Stuhl, der früher bei Kieferoperationen verwendet wurde, um von den jeweiligen Patienten nicht gestört zu werden. Zusätzlich habe ich noch einen extra starken Riemen für den Kopf vorgesehen. Sie kann nicht die kleinste Bewegung mehr ausführen. Ihr bleiben nur Augenbewegungen, Grimassen und alle zur Verfügung stehenden Laute. Ich lege mit Sorgfalt meine vorschriftsmäßige Fechtausrüstung an, dann schalte ich die automatische Videokamera ein. Vor dem geöffneten Schrank entscheide ich mich für den Säbel.
Ich kämpfe ohne Gesichtsschutz und lasse mir Zeit. Immer wieder stoppe ich die Säbelspitze vor dem weißen Hals der Frau ab. Zuerst schreit sie mit weit geöffnetem Mund, dann reißt sie bei jedem abgestoppten Stich die Augenlider hoch und zuckt mit den Mundwinkeln, zuletzt beobachtet sie mein Treiben mit kleinen, fast geschlossenen Augen. Jetzt erst steche ich mit einem Schrei und einem weiten Ausfallschritt zu. Das Blut spritzt über ihre Brüste und Arme auf den Boden. Ich stelle die Waffe, die ich im Chlorbad säubere, in den Kasten zurück und verlasse das Zimmer.
Ich werde keine Kaninchen kaufen.

Heute ist nur ein Treffen beim *Fuhrmann*. Für nachher ist nichts ausgemacht. Erwin, der der erste ist, hat einen allein stehenden

Ecktisch gewählt und drei Zeitungen auf den Tisch gelegt. Er betrachtet Kassbachs Gesichtskratzer, die unter den Blutkrusten zu eitern beginnen. Über den Dienstag wird nicht viel gesprochen. Die Zeitungsberichte sind allen schon bekannt, und Erwin legt die Zeitungen auf die Eckbank. Ihre mögliche Ausforschung ziehen sie überhaupt nicht in Betracht, obwohl sie auch für diesen Fall vorbereitet sind. In den Zeitungen stehen beinahe gleichlautende Berichte. In allen wird auf die Diebstähle hingewiesen, die die Polizei den Türken im letzten Jahr nicht beweisen konnte, die aber mit dem Überfall nichts zu tun haben.
Werner hat einen seiner Schäferhunde mit, der den ganzen Abend ruhig neben Werners Stuhl liegt. Der Hund, der hier einen friedlichen Eindruck macht, reagiert auf die kleinste Bewegung Werners, der den Hund so abgerichtet hat, daß er kein Wort sagen muß. Kassbach weiß, was für eine wirkungsvolle Waffe dieser Hund ist.
Im Fernsehen wird eine kurze Meldung über die Zusammenkunft der INITIATIVE in der *Glocke* gebracht. Kein Film wird gezeigt, nur ein Foto vom Wirtshaus mit den zerschlagenen Scheiben. Der Fernsehapparat steht hier in der Ecke unter dem spinnwebenbedeckten Kruzifix.

Bis 22 Uhr wird tarockiert. Für den Samstag lädt Walter die anderen in sein Wochenendhaus ein. Da kann man wenigstens ungestört schießen, sagt Werner. Walter verfügt über eine umfangreiche Waffensammlung.
Nach dem Verlassen des Wirtshauses kommen sie an der Auslage eines Elektrogeschäftes vorbei. Über dem Leuchtschriftsatz: *So billig war Farbe noch nie!* steht ein kleiner Farbfernseher, der stumm das erste Programm zeigt.
Der Genosse Erzbischof, sagt Kassbach und bleibt stehen.
Wetten, daß er wieder die Tschuschen lobt, sagt Werner.
Freundschaft, Genosse, sagt Erwin und klopft mit dem Mittelfinger der rechten Hand gegen die Auslage.
Der Hund heißt Greif.

21. Oktober 1941

Liebe Mutter!

Zuerst einmal recht herzliche Grüße und Küsse von Deinem Jungen. Ich bin gesund und munter, was ich auch von Dir hoffe und von ganzem Herzen wünsche. Das wird nur ein ganz kurzer Brief, da wir nach dem Essen nur wenig Zeit haben. Heute ist Dienstag, aber Tage haben keinerlei Bedeutung. Seit ein paar Tagen werden an alle Frontsoldaten Blätter und kleine Broschüren ausgegeben, in denen uns gezeigt wird, wie der russische Mensch ist.
Wir brauchen Raum! Wenn jeder Soldat der Wehrmacht 100 Russen tötet, ist dieser Raum gesichert. Zur Zeit ist nicht viel los hier, aber wir sind trotzdem auf der Hut und einsatzbereit.
Schreib mir bitte die Feldpost-Nummer von Mohaupt Rudi. Ich muß schließen. Herzlichen Dank auch für Deinen lieben Brief. Mit den besten Grüßen und Küssen

Dein Karl.

Freitag. Kassbach ist schon um vier aufgestanden. Er hat geduscht und seinen ganzen Körper gewaschen. Er hat sich mit der Klinge rasiert und nur einmal geschnitten. Jetzt riecht er wie ein kleiner Friseurladen am Abend. Die Liesi ist eine Stunde nach Mittag ins Geschäft gekommen. Sie erzählt ihm, daß sie in der Schule gesagt hat, daß ihr übel sei. Er gibt ihr den Zimmerschlüssel, sie fährt mit der Straßenbahn voraus. Kassbach ist das auf jeden Fall lieber als der Treffpunkt beim Juwelier. Er macht Pläne, wie er am Abend vorgehen könnte. Viele Möglichkeiten bleiben ihm nicht.
Noch vor sieben kommt er ins Zimmer, dessen Tür nur angelehnt ist. Die Liesi liegt auf dem Bett und raucht, die Asche streut sie auf den Boden.
Du hast die Tür offen, sagt er.
Ich hab dich vom Fenster aus kommen sehen, sagt sie.
Er sagt: Hier riechts ja scheußlich, und öffnet das Fenster, das er nach wenigen Minuten wieder schließt, weil ein besonders kalter Tag ist.

Kassbach sieht die Zigarettenstummel vor dem Bett. Er zählt die Zigarettenreste, dann schaut er der Liesi ins Gesicht.
Du hast keinen Aschenbecher, sagt sie. Nicht einmal ein Glas oder eine Untertasse hast du.
Willst du die alle allein geraucht haben? fragt er und hält seine Nase in Richtung der abgerauchten Zigaretten auf dem Boden.
Wer denn sonst?
Vielleicht war jemand hier?
Du spinnst ja.
Er fühlt sich ertappt, in seinen Vorstellungen erkannt. Es wäre ihm tatsächlich recht gewesen, wenn am Nachmittag irgendwer bei ihr gewesen wäre. Er hätte es aus ihr herausgepreßt: das Geständnis, die Wahrheit, die Tatsachen. Er setzt sich zu ihr aufs Bett.
Was hast du den ganzen Nachmittag gemacht?
Platten gehört.
Und sonst nichts?
Nein.
Du bist also den ganzen Nachmittag hier auf dem Bett gelegen und hast nichts anderes gemacht als Platten gespielt?
Sicher.
Er hat jetzt die Füße aus den Schuhen, die Socken rollt er gleich auf den Boden. Dann legt er sich neben sie und will mit den Händen an ihren Beinen hinauf. Sie dreht sich weg, steht auf, zertritt ihre letzte Zigarette und stellt den Plattenspieler an. Wieder das gleiche Theater. Kassbach bleibt nichts anderes übrig, als ebenfalls aus dem Bett zu steigen und mit ihr zu tanzen. Das Lied kennt er mittlerweile. Auf ihrem Rücken spürt er sofort, daß sie keinen Büstenhalter anhat. Berechnendes Aas. Wie die richtigen Weiber, denkt Kassbach: nur ein bißchen Hirn, aber das zwischen den Beinen. Die Bluse hat er schnell offen und von ihren Schultern. Sie zieht ohne seine Aufforderung ihre Strumpfhose aus. Ihr Rock ist einer dieser Schottenröcke, die vorne eine riesige Sicherheitsnadel haben. Kassbach hat keine Ahnung, wie der Rock aufgeht, er macht sich klein und betastet ihre Schenkel, während er an ihren Brüsten saugt.
Zieh den Rock aus, sagt er, als er den Zeitpunkt für günstig hält.

Sie öffnet ihn und legt ihn über den Sessel, als ob Kassbach einen Befehl gegeben hätte. Es geht besser und schneller, als er erwartet hat. Jetzt läßt er sie nicht mehr aus. Er ist ununterbrochen bei ihrer weißen Unterhose und will sie nach unten ziehen. Sie hindert ihn daran und preßt ihre Beine fest zusammen.
Komm aufs Bett, sagt er. Sie legt sich auf den Bauch. Er drückt seine Finger auf ihren Rücken und ihre Beine. Die Hose, sagt er und glaubt schon zu spüren, wie sie seinem Wunsch nachgeben will, es sich aber doch noch überlegt und diese Unvermeidlichkeit vor sich herschiebt. Er legt sein linkes Bein über ihre Beine und ihren Hintern. Nach weiteren zehn Minuten läßt sie sich endlich die Unterhose ausziehen. Viel weiter bringt das Kassbach allerdings nicht. Sie bleibt auf dem Bauch liegen und drückt die Beine und jetzt auch die Arschbacken aneinander. Ihren Kopf versteckt sie in dem einzigen Polster. Kassbach versucht sie auf den Rücken zu drehen und, als das mißlingt, sie durch Reden dazu zu bewegen.
Nein, sagt sie und ist schon wieder mit dem Gesicht in ihrem Polster. Er plagt sich fast eine halbe Stunde und redet dabei unaufhörlich auf sie ein: daß sie jetzt doch nicht mehr zurück könne, daß sie eben jetzt hier sei, daß sie doch gewußt habe, was er will, daß sie nur unnütz Zeit vergeude.
Er schwitzt unter den Achseln, in den Kniekehlen und im Gesicht. Endlich dreht sie sich doch auf den Rücken, läßt aber die Beine nach wie vor fest nebeneinander. Kassbach versucht, seine rechte Hand zwischen ihre Oberschenkel zu bekommen. Unmöglich.
Was ist denn? sagt er.
Glaubst du, ich will ein Kind?
Du kriegst keins.
Wer garantiert mir das?
Du warst doch letzte Woche erst unwohl, du kannst gar kein Kind kriegen.
Diese Sätze helfen Kassbach trotzdem nicht. Sie bleibt weiter mißtrauisch und schaut auf die Zimmerdecke.
Er probiert es anders, auf Umwegen. Laß mich wenigstens mit der Hand hin, schlägt er vor. Als Anfang ist das vielleicht besser.

Zuerst scheint sie auch auf diesen Vorschlag nicht eingehen zu wollen. In seinem Kopf prügelt Kassbach dem Mädchen bereits die Beine auseinander. Dann läßt sie aber doch seine Hand langsam vor. Sie hat die Augen weit geöffnet und gibt keinen Ton von sich.
Kassbach fängt an, seine Finger zu bewegen. Sie stößt seine Hand weg.
Das kann ich selber besser, sagt sie.
Du kannst es mir ja zeigen, wie du es machst, sagt er und spielt weiter den Erfahrenen; jede will es anders.
Blödsinn, sagt sie. Da hätte ich daheim bleiben können.
Das stimmt nicht. Ich kann nicht wissen, wie du es magst. Das ist wichtig, daß ich das weiß.
Sie beginnt zögernd mit der linken Hand zu onanieren. Jetzt hat sie die Augen zu. Er versucht, ihre freie Hand zwischen seine Beine zu schieben. Sie berührt ihn, zieht ihre Hand zurück und kichert. Er bewegt sich an ihr, während sie weiteronaniert. Dann ist er blitzschnell zwischen ihren Beinen. Sie will die Beine noch zusammenpressen, aber er ist schon mit beiden Knien dazwischen. Mit den Handflächen drückt er ihre Ellbogen auf die Matratze. Er spürt deutlich, daß sie weg will, davonlaufen will. Keine Angst, sagt er und bewegt sich das erste Mal in ihr. Sie verzieht ihr Gesicht. Au! schreit sie. Hör auf, bitte, hör auf. Das kannst du nicht machen, das kannst du doch nicht machen! Hör auf!
Er läßt sich nicht mehr behindern, er hört sie gar nicht mehr, die unter ihm weiterjammert. Er kann seine Erregung nur wenige Sekunden kontrollieren, dann ist es bei ihm schon passiert. Er beißt sie in die Brust und läßt sich links von ihr auf den Rücken fallen. Sie heult. Onanie, denkt er schnell und vergißt das Wort. Sie hört nicht mehr auf zu heulen.
Was ist los? sagt er. Was ist denn?
Das halte ich nicht aus, sagt sie. Nie wieder mache ich das.
Das tut jeder weh, sagt er sicher. Am Anfang.
Das glaube ich nicht, sagt sie. Das kann doch nicht bei allen so sein.
Das muß sich erst alles dehnen, sagt er, dann hast du keine Schmerzen mehr.

Das ist mir egal. Bei mir nicht. Ich mach das nicht mehr. Bestimmt nicht.
Unsinn, sagt Kassbach. Er setzt sich auf. In einer seiner Vorstellungen hat er damit gerechnet, daß sie bluten wird, daß er sich blutig aus ihr zurückziehen wird. Sie blutet nicht. Er steigt in seine Hose und geht aufs Klo. Ihm fällt ein, daß Liesi schon Tampons Schmerzen bereiten. Mit einer großen Schleife Klopapier kommt er zurück. Sie heult noch immer.
Du wirst schon sehen, daß es immer besser wird, sagt er, du wirst ziemlich bald keine Schmerzen mehr haben.
In erster Linie interessiert ihn dabei, daß er selbst es sein wird, der ihr die Schmerzen austreibt. Das könnte ein paar Wochen dauern, wahrscheinlich sogar würde das mehrere Wochen in Anspruch nehmen.
Sie heult noch einmal los. Er legt sich wieder aufs Bett und drückt ihren Kopf an seinen Brustkorb. Auch mit den Beinen umklammert er sie. Er hält sie so lange, bis er eingeschlafen ist.
Bei seinem Erwachen schläft sie. Zehn Uhr vorbei. Er weckt sie auf. Im Dunkeln kleiden sich beide an, er gibt ihr die Unterhose nicht zurück.
Die schenkst du mir, sagt er.
Bist du blöd?
Ich möchte sie haben, sagt er. Da ist doch nichts dabei. Du kannst dir eine andere kaufen.
Ich kann doch nicht ohne Hose heim.
Was macht das schon, wer soll das bemerken? sagt er und hält ihr einen Geldschein hin, den sie in ihren Mantel steckt.
Was ist mit deiner Mutter? sagt er. Was sagt die, wenn du um diese Zeit kommst?
Die sagt nichts.
Bist du da sicher, daß sie sich nicht aufregt? Daß sie keine Fragen stellt?
Die sagt bestimmt nichts.
Diesmal gehen sie nebeneinander die Stufen hinunter. Im VW-Bus hat er heute die rechte Hand zwischen ihren Beinen. Ihre Schenkel und ihre Knie interessieren ihn jetzt nicht. Er ist in bisher nicht gekannter Aufregung bei dieser Fahrt, weil sie ohne Un-

terhose neben ihm sitzt. Er bringt sie fast bis zum Haustor. Nachdem sie ausgestiegen ist, nimmt er ihre Hose aus der Jacke und steckt sie vorn in seine eigene Unterhose.

1945.
Der Vater, der Obersturmbannführer war, wird von den Amerikanern erwischt und bleibt verschwunden. Die Schwester hat schon im Jänner 1945, während das erste Kind unterwegs war, den Rudolf Mohaupt, einen Schulfreund, geheiratet. Mohaupt kommt erst im Herbst 47 zurück. Die Mutter, die während des Krieges nach Absolvierung eines Schnellkurses der Arbeitsfront Filmvorführerin war, arbeitet im Wimpassinger Semperit-Werk: Fertigung von Gummischuhen. Manchmal wird sie noch zur Vorführung sowjetischer Wochenschauen und Spielfilme geholt. Das Schoeller-Werk Ternitz wird verstaatlicht, weil es ein Rüstungsbetrieb war.

(Parteien.)
Ab 1949 hat Kassbach VdU (Verband der Unabhängigen) gewählt, ab 55 die nachfolgende FPÖ (Freiheitliche Partei Österreichs), der er nie beigetreten ist. Dafür ist sie ihm, das sagt er auch, zu sehr hinter „Posten und Pöstchen“ her. Nach Gründung der NDP (National-Demokratische Partei) war er öfter bei NDP-Versammlungen, hat aber weiterhin die FPÖ gewählt.

Sieben Uhr. Samstag. Die Schober kommt ins Geschäft. Kassbach bedient zunächst fertig. Was ist mit Ihrer Tochter? sagt er dann. Sie ist nicht gekommen heute.
Deswegen bin ich hier, sagt die Schober. Sie ist gestern nicht nach Hause gekommen.
Macht sie das öfter? Ich meine, ist das schon vorgekommen?
Ja. Schon.
Vielleicht eine harmlose Sache, sagt Kassbach. Nicht? Haben Sie eine Ahnung, wo sie stecken könnte?

Überhaupt nicht, sagt sie. Was werden Sie tun?
Nichts, sagt Kassbach. Ich warte zu.
Werden Sie die Liesi behalten, wenn sie in den nächsten Tagen wieder kommt?
Aber ja. Waren Sie schon bei der Polizei?
Zwecklos, sagt die Schober. Für eine Abgängigkeitsanzeige ist es noch zu früh. Die nehmen sie gar nicht entgegen.
Sie war also wirklich schon öfter weg?
Ja. Sie hat nie was gesagt, wo sie gewesen ist. Montag oder Dienstag ist sie bestimmt wieder daheim. Sie werden sie bestimmt behalten?
Kassbach versichert ihr zum zweiten Mal, daß er nicht daran denkt, ihre Tochter zu entlassen. Er legt seine Hand in die Waagschale und drückt sie nieder.
Haben Sie heute Zeit? sagt er. Gleich nach zwölf?
Wollen Sie kommen? sagt sie, eher gleichgültig.
Nein. Ich lade Sie ein. Kommen Sie um zwölf her.
Die Schober sagt zu. Sie scheint sich nicht allzu viele Sorgen wegen ihrer Tochter zu machen. Wahrscheinlich ist die Liesi tatsächlich schon mehrmals ein paar Tage weggeblieben. Über ihr Wegbleiben heute wundert er sich nach dem gestrigen Abend nicht. Allerdings würde er gern wissen, wo sie hingegangen ist, wo sie sich verkrochen hat, wo sie im Augenblick steckt.

Im Stiegenhaus in der Herbststraße hat Kassbach die plötzliche Befürchtung, daß die Liesi vor der Wohnungstür sein könnte. Sie ist nicht da. Der Schober fällt der Geruch ihrer Tochter, den Kassbach gleich bemerkt und wiedererkennt, im Zimmer nicht auf. Aus dem Handschuhfach hat Kassbach die Instamatic-Kamera mitgenommen, die er dort eigentlich zur eventuellen Verwendung nach einem Verkehrsunfall liegen hat.
Er bietet der Schober Rotwein aus der Flasche an. Sie ziert sich nicht und trinkt in großen Schlucken aus der Flasche. Kassbach legt den Fotoapparat auf den Schreibtisch. Die Schober riecht ziemlich säuerlich nach Wein. Bestimmt hat sie schon am Vormittag etwas getrunken.

Kassbach überlegt nicht lange, zieht sie aus und drängt sie auf das Bett. Mit ihr hat er keine Schwierigkeiten, er braucht kein vorher geübtes Gesicht zu machen, obwohl sein Verlangen nach ihr vor allem darin besteht, daß es das gleiche Zimmer, das gleiche Bett ist, in dem er gestern mit ihrer Tochter war.
Dann will er Fotos machen. Er fotografiert sie im Liegen, im Stehen, beim Fenster. Nach ein paar Überredungsmanövern läßt sie sich auch mit geöffneten Beinen fotografieren. Als der Film belichtet ist, trinken sie den Rotwein aus. Sein Interesse ist vorbei. Die Schober versucht es noch mit verschiedenen Berührungen, auf die Kassbach in keiner Weise achtet. Stumm zieht sie sich an. Sie darf ihre Unterhose behalten.

(Josef W., 32, Schuhmacher:)
Der redet nicht mit jedem, der Kassbach, das können Sie mir glauben. Der ist ganz schön vorsichtig. Vielleicht hat er recht damit. Mir ist das sowieso egal, ob er mit mir redet oder nicht. Ich komme hier zum Essen rein: nicht zum Plaudern. Ich höre auch manchmal, was er so redet. Die meisten Sätze sagt er nicht bis zum Schluß, weil jeder weiß, was der Schluß ist. Der tut auch so, als ob ihm überhaupt nichts etwas ausmachen könnte. Der ist einer von denen, die alle anderen als Deppen betrachten. Das können Sie mir glauben, wirklich, das können Sie mir glauben.

(National.)
Wenn von den *Nationalen* gesprochen wird, sind stets *Deutschnationale* gemeint, die den Begriff der österreichischen *Nation* entschieden ablehnen und bekämpfen, auch wenn sie im österreichischen Parlament (*Nationalrat*) sitzen. In irgendeiner Form wollen sie immer den Anschluß an Deutschland: im letzten Jahrzehnt vor allem innerhalb der Europa-Propaganda.

Gestern habe ich alle Zellen mit Rundfunkempfängern ausstatten lassen, mit denen nur mein Programm empfangen werden kann. Die

Möglichkeit abzudrehen, gibt es für die Gefangenen nicht. Ich lasse quietschende Autobremsen und Preßluftgehämmer überfallartig auf sie los. Eine Zellenordnung habe ich gleichfalls anschlagen lassen: Verboten ist alles. Auch das Gedachte. Ich erlaube nichts. Wenn ich beschäftigt bin, lasse ich die besonders Verdächtigen durch den Buckligen bespitzeln.
Seit dem Vormittag sind die K. aus Zelle 15 und der W. aus Zelle 9 im Kontaktraum B. Sie sprechen zwar miteinander, kommen sich aber schon seit Stunden nicht näher. Im Zimmer beträgt die Temperatur derzeit 18 Grad Celsius, die Luftfeuchtigkeit ist erheblich. Meerschweinchen etwa würden bei dieser Luftfeuchtigkeit und mehrmaliger Abkühlungen einige Grad binnen weniger Tage verrecken.
Ich spiele den beiden vom Tonband langsame Instrumentalmusik, später Lieder von der Greco und von Aznavour. Erst nach weiteren zwei Stunden bequemen sich die zwei auf die aufgeklappte Bettcouch. In diesem Moment lasse ich sie von den Dienern ins Kühlzimmer bringen, in dem es jetzt 0 Grad hat. Die Inneneinrichtung ist beinahe die gleiche. W. macht ziemlich bald weiter. Ich lasse die Zimmertemperatur konsequent sinken. Bei minus 15 Grad gibt W. auf Der Bucklige schleift ihn zurück in seine Kabine. Die K. lasse ich wieder in das Kontaktzimmer schaffen, in das ich eintrete und mich über sie hermache. Ihre Haut ist kalt. Als sie meine Hände spürt, fängt sie an zu schimpfen und um sich zu schlagen. Ich verlasse die Couch und das Zimmer.
Den mich (wie Hunde) umkläffenden Dienern erfülle ich ihren Wunsch: sie dürfen sich mit der K. über Nacht in ihren Raum sperren. Zum Aufwärmen. Ich setze mich vor den Bildschirm und erschrecke den W. in seiner Zelle eine Stunde lang durch Wiehern, Klirren und Schußgeräusche.

Um drei ist Kassbach wieder allein im Wagen. Er fährt die Bundesstraße und nachher die Landesstraße hinaus zu Walters Grundstück. Dessen Bauernhaus ist nicht besonders groß, die tausend Quadratmeter Wiese (mit einem einzigen Obstbaum) sind von einer griffhohen Ziegelmauer umgeben. Erwin und Walter sitzen, obwohl es nicht viel mehr als zehn Grad hat, in den Liegestühlen beim Baum. Bisher haben sie mit Luftdruckgewehren auf kleine Papierscheiben geschossen. Die Jagdgewehre und die angemeldeten Pistolen sind noch in der Küchentruhe. Direkte Nachbarn gibt es keine. Die Schüsse, die hier oft fallen, sind zwar sicher in den umliegenden Gehöften zu hören, aber Schüsse sind in dieser Gegend nicht selten.

Walter hat ein ganzes Faß Pils besorgt. Nach dem zweiten Glas legt Kassbach, der auf einem Stahlrohrsessel sitzt, seinen Mantel ab. Walter macht ein paar Senfsteaks auf dem Holzkohlengrill, nachdem Werner als letzter angekommen ist. Nachher holt er eine kleine Dose mit Phosphatwasserstoff-Kugeln, die er zur Unschädlichmachung von Wühlmäusen gekauft hat. Es gibt schon wieder eine ganze Menge, sagt er. Nach der Anleitung auf der Dose müßte man kreisförmig von außen nach innen vorgehen, um die Wühlmäuse nicht entkommen zu lassen. Das Einkreisen läßt Walter entfallen. Er schüttet in kurzen Abständen nebeneinander die Giftkugeln in vorbereitete Erdlöcher. Dann gießt er noch Wasser drauf, bevor er die Erde wieder festtritt, damit sich die Kugeln rascher als durch die gewöhnliche Bodenfeuchtigkeit zersetzen und sich das giftige Gas schneller bildet.

Nach wenigen Minuten entweichen die ersten Mäuse, die aber sofort durch Kugeln aus den Pistolen und dem Jagdgewehr, das Walter selbst hat, zerfetzt werden. Die Mäuse sind schon halb betäubt, wenn sie aus ihren Löchern kommen und bewegen sich recht langsam. Eine Maus schafft es trotzdem, sich unter den zwei Stufen des Hauseingangs zu verkriechen.

Ab sechs, kurz nach Einbruch der Dunkelheit, sind alle vier in dem Küchenraum, der der größte im Haus ist. Walter verschließt die Jalousien. Der Ölofen brennt schon seit dem Vormittag auf mittlerer Stufe. Walter bringt eine Wellpappschachtel, in der eine fleischfarbene, aufblasbare Spielgefährtin aus Vinyl liegt, die zur Zeit noch verhutzelt ausschaut. Walter bläst sie auf und bekommt einen roten Kopf dabei. Die Größe der Puppe ist nicht besonders. Handlich, sagt Kassbach. Jeder darf sie eine Weile besitzen und unter den Blicken der anderen betasten. Walter hat sich die Vinylpuppe aus der Bundesrepublik schicken lassen. Bei uns verlangen die glatt das Doppelte, sagt er.

Vor Mitternacht wird gepokert, wer die Puppe in der Nacht im Bett haben darf. Das Bierfaß ist schon eine Stunde leer. Kassbach bemüht sich. Der Gedanke an eine Gefährtin, die sich nicht wehren kann, erregt ihn. Werner läßt sich aber mit seinem Full-House die Kunststoff-Frau nicht entgehen.

(Traum II.)
An einer festlichen Tafel zwischen einstürzenden Häusern zwingt Kassbach einen Sklaven, den er unerwartet als Geschenk erhalten hat, seine eigenen Beine zu verzehren. Die Beine sehen wie gekochtes Fleisch aus. Der Sklave ißt mit Messer und Gabel. Kassbach hält eine Untertasse, auf der sich zwei Regenwürmer gegenseitig von hinten auffressen, bis sie gänzlich verschwunden sind. Eine bloßfüßige, geschwätzige Reisegesellschaft zieht vorbei. Kassbach bemerkt eine Sammelbüchse in seiner rechten Hand, die ihm zu schwer wird und zu Boden scheppert.

Die beiden Türken sind freigelassen worden. Sie konnten ein stichhaltiges Alibi anbieten. Die polizeilichen Ermittlungen gehen weiter. Von irgendwelchen Angaben des überfallenen Kellners bezüglich der Identität der Täter steht in keiner Zeitung etwas.
Die Fotos von der Schober sind ein Reinfall. Zwar bekommt Kassbach, der der Verkäuferin im Fotogeschäft nicht ins Gesicht schauen kann, ein paar Fotos, die er rasch bezahlt. Auf ein paar Groschen Retourgeld wartet er nicht. Die Bilder mit den geöffneten Beinen, stellt er im Wagen fest, sind jedoch nur als Negative vorhanden. Davon hat man ihm keine richtigen Fotografien angefertigt.

(Kalender.)

1945.
Kassbach bleibt vorerst im Ternitzer Schoeller-Werk.

1946.
Kassbach arbeitet bis 1954 in verschiedenen Berufen und Firmen im Gebiet Neunkirchen – Wiener Neustadt.

1948.
Im August heiratet Kassbach in Neunkirchen die 24jährige Ernestine Kucharik, die mit ihm in den gleichen Volksschul- und Hauptschulklassen war, weil sie ein Kind von ihm erwartet. Während des fünften Schwangerschaftsmonats stirbt sie im Krankenhaus an den Folgen eines plötzlichen Blutsturzes, während die Krankenschwestern in der Frühmesse sind.

1949.
Am 26. März wird der *Verband der Unabhängigen* gegründet.

1950.
Im September beginnen nach der Verlautbarung des vierten Lohn-Preis-Paktes die Arbeiter der Steyr-Werke zu streiken. Der Streik breitet sich rasch auf die niederösterreichischen, obersteiermärkischen und oberösterreichischen Betriebe und auf über 200 Betriebe in Wien aus. Dieser Streik wurde und wird als kommunistischer Putschversuch bezeichnet. Diese Lüge ist längst in Schullektüren zu finden. Kassbach hat ein selbstverständliches Interesse, daß an dieser Lüge nicht gerüttelt wird, obwohl er selbst nicht an sie glaubt. Für ihn bestehen die damaligen Ereignisse in der Erinnerung an ein einziges Erlebnis, das er gelegentlich schildert und als läppisch bezeichnet: Am Abend des 2. Oktober 1950 ist er in einem Ringwagen der Straßenbahn gesessen. Eine größere Gruppe von Arbeitern hat die Straßenbahn aufgehalten und den Beiwagen aus den Schienen gehoben. Dann sind die Arbeiter weiter (Richtung Parlament) gelaufen. Die Passagiere sind ausgestiegen, die männlichen Passagiere haben den Wagen wieder auf die Schienen gerückt. Die Straßenbahn konnte weiterfahren.
Walter und Erwin waren damals bereits im September in den vom Präsidenten der Bauarbeitergewerkschaft Franz Olah organisierten Schlägertrupps, die gezielte Aktionen gegen streikende Arbeiter durchführten. Kassbach ist überzeugt, daß es sich *nur* um einen ausgiebigen Streik gehandelt hat, der eine direkte Reaktion auf die

Lohn-Preis-Pakte (auf die Wiedererrichtung der Bereicherungs- und Unterdrückungsprivilegien unter der Bezeichnung Wiederaufbau) gewesen ist. Seiner Meinung nach kann es sich niemals um einen Putschversuch gehandelt haben. So blöd sind die nicht gewesen, sagt er noch heute im Kreis der Kameraden.
Kassbach erinnert sich noch an die Worte des damaligen Innenministers Helmer, der gesagt hat: Aus unwiderlegbaren Tatsachen ist es zu beweisen, daß es sich bei dem Ringen der letzten Tage und Wochen nicht um einen Lohnkampf gehandelt hat. Es ging um den Bestand der Republik.
Von den unwiderlegbaren Tatsachen war später nie wieder die Rede. Geblieben ist die nützliche Putschlüge: das antikommunistische Standardargument, ein taugliches Instrument gegen außergewerkschaftliche Arbeiteraktivität, ein schlagendes Argument gegen jedes gemeinsame Auftreten von Sozialdemokraten und Kommunisten.

1951.
Im September wird der 17jährige Fritz Buchta verhaftet, der mit anderen Jugendlichen Sprengstoffattentate auf SPÖ-Lokale, KPÖ-Lokale und Tränengasattentate in Wiener Kinos verübt hat. Alle Verhafteten der Gruppe, die sich *Schwarze Schnur* nennt, gehören als Mitglieder der Bezirksleitung Leopoldstadt dem VdU an. Die Staatspolizei spricht von Dummen-Jungen-Streichen. Die Presse nennt die Täter arme Psychopathen, den Anführer Buchta einen verschreckten Bub. Die Staatspolizei schafft Buchta auf amerikanisches Gebiet. Buchta kommt mit einer geringen Strafe davon.
Der Kameradschaftsbund wird gegründet. Die Installierung der Soldaten- und auch der Turnerbünde hat schon 49/50 begonnen.

1952.
Kassbach beteiligt sich mehrmals an Schmieraktionen und der Streuung von gestanzten Hakenkreuzen in Wiener Neustadt. Bei diesen Einsätzen lernt er Walter kennen.

1953.
Am 23. Oktober heiratet Kassbach die noch nicht einmal 17jährige Vera Pötsch, weil sie ein Kind von Kassbach erwartet. Es wird

standesamtlich und kirchlich geheiratet. Im Sommer des gleichen Jahres läßt sich Kassbachs Schwester scheiden. Die Kinder bleiben bei dem geschiedenen Rudolf Mohaupt, den Kassbach noch einige Monate hindurch regelmäßig aufsucht. Jahre später schreibt Kassbachs Schwester einen Brief aus Ottawa. Die Mutter erleidet zwischen Weihnachten und Neujahr ihren ersten Schlaganfall.
Eine Gruppe von Nationalen gründet die *Freiheitliche Sammlung*, die 1956 nach Gründung der FPÖ den Namen auf *Demokratische Nationale Arbeiterpartei* ändert.
Kassbach nimmt an mehreren Denkmalenthüllungen in Salzburg und Kärnten teil.

1954.
Kassbach übernimmt die Leitung eines Lebensmittelladens in Wiener Neustadt, der den Filialbetrieb eines anderen Geschäftes darstellt. Das Geschäft gehört einem Freund, den er vom Fußballklub und von der Boxstaffel kennt. Kassbach leitet das Geschäft bis 1963.
Im Mai werden in Wiener Neustadt Kinoprogramme mit aufgedruckten Hakenkreuzen verteilt. Die Täter bleiben unbekannt. Walter sagt, der Polizeichef sei ganz brauchbar, weil er die Untersuchungen behindert habe, indem er den notwendigen Dienstwagen nicht freigab. Mehrere Wandkästen der *Arbeiter-Zeitung* (SPÖ) und der *Volksstimme* (KPÖ) werden ebenfalls zerschlagen.
Geburt der Tochter Monika Katharina.

1955.
Kassbach ist an Störaktionen in Wien beteiligt, wo ein von der *Volks-Opposition* einberufener Kongreß für Einheit und Unabhängigkeit Österreichs stattfindet. Schon im April 1953 haben die auf der Liste der Volks-Opposition gewählten Abgeordneten im Nationalrat einen Antrag eingebracht, in dem die strikte Neutralität Österreichs gefordert wird. Der Antrag wurde damals von den Abgeordneten der ÖVP, der SPÖ und des VdU abgelehnt. Die VdU-Abgeordneten sprachen von Hochverrat. Die Argumentation gegen die geforderte Neutralitätspolitik, die sich schließlich auch in den Regierungsparteien durchsetzt, ist in dieser Zeit das Hauptinteresse des VdU. Kassbach und viele seiner Freunde tre-

ten bis zuletzt gegen den Staatsvertrag, den sie nur Hochverrats-Vertrag nennen, auf. Am 15. Mai wird der Staatsvertrag im Wiener Belvedere unterzeichnet.
In der Presse ist zum ersten Mal von einer *Freiheitlichen Einheitspartei* die Rede, die Anton Reinthaller führen soll. Reinthaller war Minister unter Seyß-Inquart und Staatssekretär unter Hitler. Im vorläufigen Programm heißt es: deutsche Volks- und Kulturgemeinschaft, soziale Volksgemeinschaft. Am 17. Oktober wird die Partei tatsächlich unter dem Namen *Freiheitliche Partei Österreichs* gegründet. Der erste Parteitag findet am 7. 4. 1956 statt. Am 8. 4. löst sich der VdU auf.

1956.
Geburt des Sohnes Georg Alfred. Austritt aus der katholischen Kirche.

1957.
Im März ist Kassbach beim zweiten Bundesturntag in Salzburg. Walter ist auch da. Kassbach lernt Werner kennen, der ein Frontkamerad Walters in Frankreich war. Das *Salzburger Volksblatt* bezeichnet den Bundesturntag als ermutigenden Fortschritt auf dem Wege zum weiteren Auf- und Ausbau der völkischen Turnbewegung in Österreich.

1958.
Fritz Buchta wird nach einer vierzehntägigen Strafe (wegen Autodiebstahls) aus dem Arrest entlassen. Am gleichen Tag erschießt er den 30jährigen Walter Paschinger, mit dem er in Stammersdorf beim „Rendezvousberg“ versteckte Waffen aus einem Betonschacht holt.
Nach Reinthallers Tod wird der ehemalige Obersturmführer der Waffen-SS Friedrich Peter Bundesobmann der FPÖ. In der *Neuen Front* wird das Programm der FPÖ erklärt: Die vornehmste unserer Aufgaben ist die Abwehr aller Bestrebungen, die auf eine Loslösung Österreichs vom Deutschtum gerichtet sind. Wir haben in den deutschen Österreichern das Bewußtsein wachzuhalten, ein Teil des deutschen Volkes mit allen sich aus dieser Zugehörigkeit ergebenden Rechten und Pflichten zu sein. (Im Pro-

gramm des VdU von 1954 hieß das: Österreich ist ein deutscher Staat. Seine Politik muß dem gesamten deutschen Volk dienen und darf nicht gegen einen anderen deutschen Staat gerichtet sein. In der ersten Republik lautete das bei den damaligen Liberalen, der *Großdeutschen Volkspartei*, die sich nach 1933 der österreichischen Nazipartei unterstellte: Der unverrückbare Leitstern unserer Außenpolitik ist der Anschluß Österreichs an das Deutsche Reich.)

1959.
Zweiter Schlaganfall der Mutter.
Bei einer Versammlung der *Heimattreuen Jugend* kommt es zu einer Saalschlacht, als schon bei den ersten Worten des Festredners Zwischenrufe kommen. Kassbach bricht sich den linken Unterarm.
Die *Volkstreuen Verbände Österreichs* organisieren für den 17. Oktober einen Fackelzug über die Wiener Ringstraße. Anlaß und Vorwand ist der 200. Geburtstag von Friedrich Schiller. Schon eine Stunde vor dem vorgesehenen Abmarsch finden sich auf dem Rathausplatz Tausende von Antifaschisten ein. Die Verbände versammeln sich in der Rathausstraße. Der Abmarsch, der lange verzögert wird, kann nur unter starkem Polizeischutz erfolgen. Es kommt zu Übergriffen von Polizisten, die diesmal keine Dienstnummer tragen, gegen die antifaschistischen Demonstranten. Andererseits schreitet ein großer Teil der Polizisten nicht ein. Kassbach ist in eine Prügelei vor dem Heldenplatz verwickelt, wo die Kundgebung vorzeitig abgebrochen wird. Der Weitermarsch zum Schillerplatz wird untersagt.
In Tirol tritt zum ersten Mal die *Befreiungsaktion Südtirol* (BAS) auf, in der Norbert Burger eine wichtige Rolle spielt, der schon 1952 und 1953 einer der Gründer und Führer des RFS (Ring freiheitlicher Studenten) war.

1960.
Kassbachs Mutter stirbt wenige Tage nach einem neuerlichen Schlaganfall. Das Begräbnis kostet 15.000 Schilling.
Am 23. und 29. Jänner werden in Wiener Neustadt wieder gestanzte Hakenkreuze gestreut.

Walter empfiehlt Kassbach, das Buch „Wir rufen Europa" von Theodor Soucek zu lesen.
In Graz findet das vom Österreichischen Turnerbund (ÖTB) veranstaltete Bundesturnfest statt. Dieses „Treuebekenntnis zum angestammten Volkstum, in einer Disziplin, die jedem alten Soldaten das Herz höher schlagen läßt" (Neue Front), wird von der Landesregierung der Steiermark (ÖVP-Mehrheit) mit 300.000 Schilling und von der Gemeinde Graz (damals SPÖ-Mehrheit) mit 150.000 Schilling subventioniert.
Teilnahme Kassbachs an mehreren Soldatentreffen.

1961.
Über Walter hat Kassbach Kontakt, der in Gaststätten stattfindet, zu der von Norbert Burger gegründeten Burschenschaft *Olympia*. Über die tatsächlichen Aktionen der Burschenschaft weiß Kassbach kaum etwas. Wenige Monate später wird die Burschenschaft vom Innenministerium aufgelöst.
Walter wird im Zusammenhang mit den Untersuchungen gegen die Burschenschaft vorübergehend verhaftet.
Sonnwendfeier auf dem Wiener Schafberg: ein Warnfeuer, ein Wachtfeuer gegen Osten. Eine Studentin erleidet Verbrennungen aller drei Grade, weil sie den Sprung über das Sonnwendfeuer nicht schafft und direkt in die Flammen springt.
In der Nacht vom 21. auf den 22. November werden auf dem Innsbrucker Zentralfriedhof jüdische Grabsteine beschmiert und umgeworfen.
Am 1. Mai wird auf das Denkmal der Republik in Wien ein Sprengstoffanschlag verübt. Am 28. November wird aus einem Auto das Parlament beschossen. Zurück bleibt die Nachricht: Deutsche Burschenschaften kämpfen weiter. Im Dezember werden vier Anschläger in Wien verhaftet.

1962.
Die Täter vom Innsbrucker Zentralfriedhof werden verhaftet. Bei einer Hausdurchsuchung bei einem der Täter, Peter Porsche, wird ein Gedicht gefunden, das Porsche selbst mit der Hand geschrieben hat. Es soll des öfteren in der freiheitlichen Burschenschaft *Suevia* rezitiert worden sein.

Der einzige Feind, den es wert ist zu hassen
Und ihn unter Umständen auch zu vergessen,
Ist der ewige Jude, der heute wie früher
Die dummen, weil ehrlichen Leute bestiehlt.

Die Zeit wird bald kommen – darauf ist Verlaß! –
Daß man ihn zum letztenmal setzt unter Gas.
Dann werdet auch Ihr, trotz Aktiven-Allüren
Das Feuer von Auschwitz behüten und schüren.
Wir werden dann auch ohne Mütze und Band
Die Gasöfen füllen bis ganz an den Rand.

Die Friedhofsschänder Porsche und Schraffel werden trotzdem nur wegen *boshafter Sachbeschädigung* verurteilt. Das Gericht kommt zur Überzeugung, daß für die antisemitische Einstellung der Täter kein Beweis vorliege. Das Gedicht ist vor der Verhandlung aus den Akten verschwunden.

Am 7. Oktober wird ein Aufmarsch der Soldatenbündler in Berndorf/Niederösterreich von antifaschistischen Gegendemonstranten verhindert. Viele der Kameraden werden ihrer Schleifen, Orden und Medaillen beraubt. Kassbach hat seine Medaillen rechtzeitig in die Rocktasche gesteckt. Für Kassbach ist dieses verhinderte Treffen die einzige echte Niederlage nach dem Krieg.
Die Zeitungen schreiben von Krawallmachern. ÖVP-Zeitungen melden „kommunistische Rowdys“ und „kommunistische Zuchthauspflanzen“, die Kriegsinvalide verprügelt haben.
Die Kärntner *Kameradschaft* schreibt im August: Durch die Aussöhnung der entscheidenden Kontinentalstaaten Deutschland und Frankreich ist die Gefährdung Frankreichs weggefallen und es ist für die Sicherung Frankreichs nicht mehr notwendig, daß Österreich unabhängig bleibt. Womit die Unabhängigkeit nur mehr für den Weltbolschewismus und in der kommunistischen Propaganda von Wert ist.
Im Dezember wird vom Verfassungsgerichtshof ein Einspruch gegen das Verbot eines Gebirgsjägertreffens in Innsbruck zurückgewiesen, bei dem der Zweck die Pflege der Tradition der deutschen Wehrmacht war.

1963.
Kassbach übernimmt das Gemüsegeschäft in Wien.
Franz Olah wird Innenminister.

1965.
Demonstrationen für und gegen den neonazistischen und antisemitischen Professor Taras Borodajkewycz. Der Kommunist Ernst Kirchweger wird getötet.

1966.
Die *Monarchistische Bewegung Österreichs* ändert ihren Namen in *Aktion Österreich – Europa.*
In Wiener Neustadt werden im Mai mit Glasschneidern in verschiedene Geschäftsauslagen Hakenkreuze eingeritzt. Zwei Schaufenster der KPÖ in der Kolonitzgasse werden zerstört.
Professor Borodajkewycz wird in den dauernden Ruhestand versetzt.
Im Juli wird die NDP gegründet. Norbert Burger ist nicht unter den Gründungsmitgliedern. Er bemüht sich noch bis zum Parteitag der FPÖ im Oktober, eine Mehrheit für ein echt-nationales Programm innerhalb der FPÖ zu erreichen. Die NDP nimmt ihre tatsächliche Tätigkeit erst nach diesem FPÖ-Parteitag auf.

1967.
Norbert Burger wird 2. Bundessprecher der NDP.
Die österreichische Ausgabe der *National- und Soldatenzeitung* bringt einen Artikel anläßlich des Nationalfeiertages. Überschrift: Österreichische Nation – Treppenwitz der Antideutschen. Kassbach hat dieses Exemplar behalten, nachdem er einige Zeilen unterstrichen hat: Bloß einige Funktionäre werden den sogenannten österreichischen Nationalfeiertag zu Ehren einer Nation begehen, die es objektiv überhaupt nicht gibt.

1968.
Im März ist im Gasthaus *Zu den Drei Hackeln* eine Versammlung der NDP, die von Studenten gestört wird und schließlich abgebrochen werden muß. Die Teilnehmer verlassen unter Polizeischutz das Lokal.

1969.
In Steinhaus am Semmering, im Gasthaus *Schwaiger*, findet am 19. September die Bundesversammlung der NDP statt, die schon vorher in anderen Orten Niederösterreichs angekündigt wird, auf viele Proteste jedoch unterbleiben mußte. Mit vielen anderen fordert auch der Gesamtbetriebsrat des Schoeller-Bleckmann-Stahlwerkes in Ternitz das Verbot von NDP-Veranstaltungen in Niederösterreich. Norbert Burger wird 1. Bundessprecher der Partei.
Auf einer Pressekonferenz am 3. Oktober erklärt der Bundesparteiobmann der FPÖ Peter, daß er nicht bereit sei, eine Abgrenzung von den rechtsradikalen Parteien vorzunehmen.

1970.
In Wien findet nach dem Einmarsch amerikanischer Truppen in Kambodscha eine große Vietnamdemonstration statt, die kurz nach Beginn von NDP-Mitgliedern und anderen Nationalen gestört wird, indem Teilnehmer an der Demonstration umgestoßen und niedergeschlagen werden. Vor dem Eingang zum Auditorium Maximum wird Kassbach mit einer Latte am Kopf verletzt, nachdem ein NDP-Mitglied mit einer Gaspistole geschossen hat.
Am Mittwoch, dem 17. Juni, veranstaltet die NDP im Gasthaus *Auge Gottes* einen Tag der deutschen Einheit. Norbert Burger soll das Referat halten. Der Eingang zum Gasthaus und der Platz vor dem Haus wird von Polizisten abgesperrt, weil sich etwa fünfhundert Demonstranten vor dem Gebäude befinden. Aus dem ersten Stock werden Nylonsäcke mit Wasser, Stinkbomben und Knallkörper auf die Polizisten und Demonstranten geworfen. Der Innenminister, der selbst in die Nußdorfer Straße kommt, verbietet darauf die NDP-Veranstaltung.
Im August wird ein Lehrlings-Zeltlager in Mürzzuschlag von Norbert Burger und anderen überfallen.

1971.
Ein Einsatz in Neunkirchen. Kassbach gibt den Tip. Ein Schaukasten der Arbeiterkammer wird demoliert. Die unbekannten Täter lassen eine Eisenstange und einen Propagandazwecke zurück: Unser Beitrag zu den Wahlen.
Im Sommer werden einige Schaukästen der KPÖ in Wien (Meid-

ling) zerstört, aus den Hauswänden gerissen und mit NDP beschmiert.

1972.
An der diesjährigen Bundesversammlung der NDP nimmt Kassbach nicht teil. Auch nicht an den Ortstafelaktionen in Kärnten.
Im Mai wird in Wien Willy Brandt mit einer Rauchbombe beworfen.
Ältere Nationale rufen zur Einigkeit im nationalen Lager auf.

1973.
Im Juni kommt es neben der Südautobahn in der Nähe von Wien zu einer vorerst rätselhaften Bombenexplosion. Mehrere Zeitungen schreiben, daß es sich wahrscheinlich um einen Anschlag Linksgerichteter gegen einen jüdischen Emigrantenbus gehandelt hat. Erst Tage später wird festgestellt, daß bei der Explosion Leichenteile des 26jährigen Karatekämpfers Richard Dvorak in die Luft gesprengt wurden. Im Laufe der Erhebungen, Dvorak und sein Freundeskreis werden von der Presse mittlerweile als „Waffennarren" bezeichnet, schießt der 23jährige Ernst Dostal vier Polizeibeamte nieder und flüchtet. Während der viertägigen Flucht erschießt er ein Ehepaar, in dessen Wochenendhaus er übernachtet hat. Die Polizei verliert mehrmals die Spur. Am 26. Juni erschießt sich Dostal während eines Schußwechsels mit Polizei- und Gendarmeriebeamten. Die Gendarmerie entdeckt im Keller eines Bauernhauses, das Dostal gehört, eine Folterkammer. Zahlreiche Waffen konnten schon zuvor in der Wohnung seiner Eltern sichergestellt werden. Der Vater Robert Dostal, der nach den Schüssen seines Sohnes bei der Einvernahme der Polizei ebenfalls gesucht wurde, erschießt sich am 28. Juni in einem Lüneburger Hotel. Die Presse hat sich schon während der Verfolgung Ernst Dostals durch die Polizei (im Innenministerium war ein eigener Krisenstab gegründet worden) für *Einzelgänger* und *Psychopath* entschieden. Dostal sei eher zurückhaltend und verschreckt gewesen.
Ernst und Robert Dostal und auch Richard Dvorak gehörten zum *Freikorps Europa*, einer im Untergrund arbeitenden Terroristengruppe, die ihren Sitz in der Bundesrepublik Deutschland hat.

(Was Kassbach noch nicht weiß.)
Seine Frau hat in den letzten Samstagausgaben des *Kurier* die Anzeigenrubriken „Korrespondenz“ durchgeschaut. Sie hat allerdings nichts gefunden. Nur einmal war eine Nummer dabei, die sie angerufen, nach Melden einer weiblichen Stimme jedoch kein Wort gesagt hat. Im *Kurier* hat sie aber einen Hinweis auf eine Zeitschrift für partnersuchende Damen gefunden.
Einige Tage hat Vera Kassbach zugewartet, dann ist sie mit der Straßenbahn in einen anderen Bezirk gefahren und hat sich an einem Kiosk die neueste Nummer der genannten Zeitschrift gekauft. Erst daheim, im von innen abgeriegelten Klo, hat sie das Heft aufgeschlagen: eine schlampig gemachte Zeitschrift, mit ein paar Bildern von beleibten Frauen, dürren Fotomodellen und Männern in Lederbekleidung. Die Anzeigen (*Adam sucht Eva*) haben fast alle einen ähnlichen Text. Sie entschließt sich, einem Medizin-Studenten zu schreiben, der in seiner Anzeige angibt, selbst verheiratet und achtundzwanzig zu sein. Alter egal, steht ebenfalls da. Die Kassbach entwirft ihren Brief insgesamt dreimal, sie schreibt ein paar Sätze von Vernachlässigung, sie schreibt, daß sie siebenunddreißig ist, und von ihrer Vorliebe für orale Liebestechniken schreibt sie auch, obwohl sie das gar nicht weiß, weil sie die nur aus ihrer eigenen Vorstellung kennt. Vom letzten Urlaub legt sie ein Foto ins Kuvert.
Die Antwort ist nach fünf Tagen da. Sie holt den Brief vom Postamt, den sie sich postlagernd dorthin erbeten hatte. Der Student hat kein Foto beigelegt, schlägt aber ein Treffen für Donnerstag, den 21. Februar, bei einem Kino im Bezirk vor.

20. Februar. Die Pelinka hat seit vorgestern einen schwarzen Pudel. Dem hat sie ein blaugestricktes Täschchen zwischen die Hinterbeine gebunden, damit er nirgends hinscheißen kann, wenn sie mit ihm unterwegs ist. Sie schaut einer ungefähr Zwanzigjährigen nach, die das Geschäft verläßt.
So ein junges Stück, sagt sie, und so ein kurzer Rock.
Dabei hat sie zwei Kinder daheim, assistiert die Kratky.
So eine Mutter laß ich mir nachhauen, sagt die Pelinka.

Kassbach schweigt. Er rückt dem jungen Mellach zwei Bananen über den Tisch. Der legt die erforderlichen Münzen in Kassbachs rechte Hand.
Der arbeitet bestimmt auch nichts, sagt die Pelinka, als der Mellach draußen ist. Weil er jeden Vormittag Zeit hat.
Doch, sagt Kassbach und läßt eine Pause von einigen Sekunden. Der trägt in der Früh die Kommunisten-Zeitung aus.
Da schau her, sagt die Pelinka. Er schaut ja selber aus wie ein Dreck.
Wo wohnt er eigentlich? will die Kratky wissen.
Das weiß ich auch nicht, sagt Kassbach. Ich treffe ihn nur jeden Morgen mit den Zeitungen unterm Arm.
Die Kratky und die Pelinka gehen gleich hinten raus. In den Zeitungen dieser Woche ist keine Rede mehr von dem Überfall auf den jugoslawischen Kellner, der sich immer noch in Krankenhauspflege befindet. Am gleichen Vormittag kommt ein Telefonanruf der Schober, die sofort nach Kassbachs Melden zu schimpfen beginnt.
Sie Schwein! schreit sie.
Was ist? sagt Kassbach und hält den Hörer etwas vom Ohr weg.
Was haben Sie mit meiner Tochter gemacht?
Ist sie denn zurück?
Ja, sie ist zurück!
Wieso kommt sie nicht her? Ich halte mich an unsere getroffene Abmachung.
Sie wird nicht mehr kommen! schreit die Schober weiter. Sie will nicht mehr kommen!
Warum?
Sie hat mir alles erzählt!
Was denn erzählt?
Sie brauchen nicht so scheinheilig zu fragen.
Die lügt, die Liesi.
Sie lügt nicht.
Hören Sie auf zu schreien!
Das geht Sie einen Schmarren an, wenn ich schreie! Ich zeig Sie an! Heute noch zeig ich Sie an!
Machen Sie sich nicht lächerlich. Die lügt doch.

Ich erzähl es allen. Ihren Laden können Sie zusperren.
Ich erzähl auch was.
Was wollen Sie schon erzählen.
Wie Ihre Tochter zu ihrer Lehrstelle gekommen ist zum Beispiel. Dann können Sie ausziehen.
Sie sind eine Drecksau.
Denken Sie lieber nach, sagt Kassbach und geht nicht auf ihre Beschimpfungen ein. Eine Woche warte ich noch. Dann suche ich mir jemand anderen.
Sie brauchen nicht warten!
Wie Sie wollen.
Er legt auf, steht vor dem Regal, auf dem das graue Telefon ist, und überlegt, ob die Schober tatsächlich eine Anzeige erstatten könnte. Und wenn schon. Er ist sicher, daß die polizeilichen Nachforschungen gar nichts ergeben würden. Eigentlich ist er aber überzeugt, daß die Schober keine Anzeige machen wird, weil sie sich nicht ins Geschwätz bringen will. Auf jeden Fall wischt Kassbach heute nach Geschäftsschluß alle glatten Flächen im Herbststraßenzimmer mit einem nassen Fetzen ab. Wie in einem schlechten Kriminalfilm, fällt ihm ein. Am nächsten Vormittag läßt er das Bett und den Schreibtisch wieder wegschaffen. Jetzt könnte die Liesi sogar das Zimmer beschreiben, es würde nicht mehr stimmen. Kassbach will das Zimmer behalten.

Am Donnerstag geht Vera Kassbach mit ihrer karierten Einkaufstasche zum einzigen Kino im Bezirk. Sie wartet vor einem riesigen Burt-Lancaster-Kopf.
Der vorgeschlagene Zeitpunkt ist zehn Uhr. Die Kassbach fängt eine Zigarette an und geht dann vor dem dauernd gleich grimmigen Lancaster hin und her. Schließlich stellt sie sich beim nächsten Haustor auf, um nicht direkt vor dem Kino zu stehen. Eine halbe Stunde nach zehn ist noch niemand da.
Die Kassbach steigt in die nächste Telefonzelle und ruft den Studenten an, weil er auch eine Telefonnummer unter seinen Absender geschrieben hat Sie sagt ihren Namen. Warum sie auf *verlorenem Posten* gestanden ist, will sie wissen.

Ich konnte nicht hinkommen.
Wieso nicht? sagt sie und stellt sich zu seiner Stimme einen Kopf mit großen Backenknochen vor, der sich ziemlich von dem unterscheidet, den sie sich nach dem wiederholten Lesen seines Briefes gedacht hat.
Die Zylinderkopfdichtung, sagt er. Ich bin gerade zweihundert Meter mit dem Wagen gekommen.
Schade, sagt die Kassbach. An einen Vorwand denkt sie nicht.
Ja, sagt er.
Legen Sie überhaupt noch Wert auf ein Treffen?
Ja. Sicher. Ich konnte Sie ja nicht mehr rechtzeitig erreichen und verständigen. Vielleicht gleich morgen?
Ich habe jeden Vormittag Zeit. Ein anderer Treffpunkt wäre mir allerdings sympathischer. Das Kino ist mir etwas zu weit weg.
Ihre Wohnung?
Meine Wohnung? fragt sie, weil sie fast erschrocken ist.
Na, wenn es Ihnen nichts ausmacht, in meine Wohnung zu kommen.
Bestimmt nicht. Keineswegs.
Das ist ein Einfamilienhaus. Die Adresse haben Sie ja.
Wann?
Ab halb neun können Sie kommen, sagt die Kassbach und erklärt ihm noch, welchen Bus er nehmen soll. Bevor sie den öffentlichen Fernsprecher verläßt, dreht sie sich nach allen Seiten um. Der Student heißt Bernhard S.

Kassbach schaltet sich hin und wieder in fremde Telefongespräche ein. Er weiß genau, wie er das machen muß.
Heute wählt er die Vorwahlnummer des achten Bezirks und läßt dann den Zeigefinger bei der dritten Ziffer abrutschen, worauf er sich in einem Gespräch befindet, das er nicht mehr verläßt. Ein Mann und eine Frau reden darüber, ob sie sich am Abend sehen können und sollen. Kassbach macht sich durch ein Kratzen am Hörer bemerkbar.
Was ist das? will der Mann wissen.
Was weiß ich, ich bin es nicht, sagt sie.

Hast du nichts gehört?
Gehört habe ich es schon. Eine Störung wird das sein.
Kassbach verhält sich ein paar Sekunden still, die beiden steuern wieder auf die Not- und Unnotwendigkeit eines Treffens zu. Jetzt hustet Kassbach.
Was ist denn das, wer ist denn da bei dir? sagt der Mann.
Bei mir ist niemand, kein Mensch. Red kein Blech.
Ich bin doch nicht taub. Da ist doch jemand.
Bei mir nicht, bei mir ist niemand.
Kassbach hustet ein zweites Mal und summt dann ohne Unterbrechung in den Hörer.
Jetzt reicht es, sagt sie. Deine Witze waren schon besser.
Ich versteh kein Wort, sagt er. Ich versteh überhaupt kein Wort.
Kassbach bricht sein Summen ab und wartet. Die beiden reden vorsichtig weiter und beschließen zuletzt doch, sich am Abend in einem Kaffeehaus zu treffen. Der Mann sagt, wie das Kaffeehaus heißt. Eine bereits überlegte Schlußbemerkung schenkt sich Kassbach. Trotzdem hat er gute Lust, in das angegebene Kaffeehaus zu gehen, um die Gesichtslosen zu sehen, die er eben gehört hat. Diesem gewollten Zufall möchte er nachgehen, diesem Verhältnis, das da ohne sein Wissen besteht, möchte er auf die Spur kommen.

Kassbach sperrt hinten zu und verläßt das Haus, in dem das Geschäft ist, durch den Stiegenhausausgang. Er geht nicht ins Wirtshaus *Fuhrmann*, er setzt sich an einen Tisch in dem Kaffeehaus, dessen Namen er im Telefongespräch gehört hat. Am gleichen Tisch liest einer in der „Times“. Kassbach bestellt sich ein kleines Bier und läßt sich eine Zeitschrift bringen, in der er nach Bilderwitzen blättert. Die anderen Tische sind fast alle frei. Sicher ist noch niemand im Lokal, der für das mitgehörte Gespräch in Frage kommt. Kassbach beobachtet über den Rand seiner Illustrierten im Kartonumschlag jeden Eintretenden. Als eine in hellblauem Mantel mit Pelzaufsatz durch die Tür kommt, ist er überzeugt, daß sie die Frau ist, deren Stimme er schon kennt. Der Kellner hängt ihren Mantel weg, sie setzt sich zwei Tische weiter hin. Kassbach hat Glück, daß sie vor ihm Platz nimmt und er sich

nicht nach ihr umdrehen muß. Er bewegt seine Zehen in den Schuhen.
Der Mann kommt einige Minuten nach ihr und setzt sich an eine andere Tischkante. Nach einer halben Stunde glaubt Kassbach an ihren Gesten zu erkennen, daß sie das Lokal verlassen wollen. Er zahlt sein längst getrunkenes Bier und setzt sich in den VW-Bus. Die zwei steigen fünf Minuten nach ihm in einen Fiat. Kassbach lenkt seinen Wagen hinterher. Die beiden fahren kreuz und quer durch die Stadt, manchmal halten sie an, fahren aber jedesmal ziemlich bald weiter. Kassbach läßt einen Abstand, den er selber für sicher genug hält.
In Gedanken sieht er die beiden bereits auf einem Parkplatz neben einer der Aussichtsstraßen im Norden. Er bindet den Mann an einen Baum und nimmt sie, direkt vor der Nase des Gefesselten, bevor er ihn endgültig tötet. Das hat er in einem Film gesehen. Gleich darauf muß er bei einer roten Ampel darauf achten, dem Fiat nicht zu nahe zu kommen. Er bremst ab, vergißt seinen Film und zuckt für sich selbst mit den Achseln. Der im Wagen rechts neben ihm bohrt in seiner Nase, der im linken Auto auch. In der Nacht, weiß Kassbach, bohren sieben von zehn Autofahrern, wenn sie ihren Wagen an einer geregelten Kreuzung stoppen müssen, in ihren Nasen. Das hat er schon vor Jahren herausgefunden.
Der Fiat hält endlich vor einer neueren Wohnhausanlage. Der Mann im Fiat schaltet die Deckenbeleuchtung ein, dann wieder aus. Kassbach wartet im Auto auf der anderen Straßenseite. Er findet diese Verfolgung, diese Beschattung viel interessanter als seine letzten Erkundungsgänge. Um 23 Uhr steigt die Frau aus und geht zur nächsten Haustür, ohne sich umzudrehen. Der Fiat fährt ab. Kassbach sieht, daß im zweiten Stock hinter einem Fenster das Licht aufgedreht wird. Bei der Haustür stellt er fest, daß im zweiten Stock zwei Familien wohnen. Auf dem dritten Schild steht der Name einer Frau.
Daheim sucht er unter diesem Namen und der Adresse, die er jetzt kennt, im Telefonbuch. Die Frau ist tatsächlich im Verzeichnis.
Kassbach ruft bei ihr an, er hustet wie am Nachmittag. Sie werden überwacht, sagt er und unterbricht die Verbindung. Auf der

Couch stellt er sich vor, wie sie mit ihrem Freund telefoniert und ihm von dem eben erfolgten Anruf berichtet.
Später telefoniert Kassbach mit Werner, der ebenfalls schon daheim ist. Der sagt: Du warst nicht der einzige, der nicht beim *Fuhrmann* war, Erwin ist auch nicht hingekommen. Wahrscheinlich hat er eine neue Frau aufgetrieben.
Walter und er, sagt er, wären dann zu einem, der auf der Liste steht, gefahren. Es wäre aber nichts zu machen gewesen, weil eine Menge Besuch bei dem Kerl gewesen sei. Kassbach nennt eine Besprechung als Grund für sein Nichtkommen.
Nach zwölf probiert er es noch einmal mit der Nummer der Frau, bekommt aber nur das Besetzt-Zeichen zu hören.

Im Kontaktraum B befinden sich die zwei Männer aus 6 und 7, die ich seit mehreren Tagen nicht mehr verpflegen habe lassen. Sie vertragen sich trotzdem. Sie sitzen auf der Bettcouch nebeneinander und gehen nicht aufeinander los. Ich schiebe ihnen ein Saftfleisch auf einem Blumenteller durch die Tür. Sofort geraten beide in Wut und wollen sich (jeder für sich allein) den Eßteller sichern. Sie schreien, spucken und schlagen mit den Fäusten und Beinen aufeinander los. Im Nahkampf gebrauchen sie dann die Zähne. Bevor sich der Sieger den Teller mit dem Fleisch holen kann, lasse ich das Essen aus dem Zimmer entfernen.
Wenig später sitzen beide Männer wieder nebeneinander auf der Bettcouch.

(Gesundheit.)
Die üblichen Kinderkrankheiten. Die Kriegsverwundungen: Einen Arm kann Kassbach nicht mehr zur Gänze ausstrecken. Mit 27: Tonsillektomie, mit 32: Appendix. Seit 1961 Herz- und Kreislaufbeschwerden, die gelegentlich auftreten. Die Augen: ohne Befund. Das Gebiß: komplett. Etwas wetterfühlig. Allgemeinzustand: dem Alter entsprechend.

(S.)
Bernhard S. ist einunddreißig. Er hat sein Alter falsch angegeben. Er ist einer von denen, die einen unkomplizierten Abstecher machen wollen, probieren möchten. In seiner Anzeige, die er sich wochenlang überlegt hat, ist deswegen Alter *egal* gestanden, um überhaupt Antwort zu bekommen. Zwei Zuschriften hat er nach Erscheinen seiner Anzeige erhalten. Eine hat gleich geschrieben, daß ihr Interesse Geld ist: Bin sechsundzwanzig, blond, Ehefrau, attraktiv. Gewähre schöne Stunden, um mein Taschengeld aufzubessern. Telefonanruf erwünscht.
Der zweite Brief war von Vera Kassbach.
Die Zylinderkopfdichtung seines Wagens ist in Ordnung. Das war sie am Vormittag auch. S. ist lange im Bett gelegen und hat die Entscheidung, ob er zu dem von ihm vorgeschlagenen Treffpunkt gehen soll, hinausgezögert, bis es ohnehin zu spät war. Auf den Anruf der Kassbach hat er, auf einem Sessel neben dem Telefon sitzend, gewartet. Morgen will er unbedingt hingehen.

(Sätze.)
Die meisten Sätze, die Kassbach ausspricht, sind Fragesätze. Die meisten Sätze, die er für sich behält, beginnen mit einem bestimmten Artikel. Sämtliche Sprichwörter und Sätze wie *Da ist noch keine Entscheidung gefallen*, *Wir müssen bloß abwarten* oder *Mir ist das nicht bekannt* kann er nicht ausstehen. In geschriebenen Sätzen vergißt er gerne i-Punkte.

S. läutet um neun. Die Kassbach läßt ihn in den Vorraum, vom Vorraum ins Wohnzimmer. Sie schiebt ihm einen Stuhl hin. Sie sind also doch gekommen, sagt sie. Ich habe geglaubt, Sie kommen wieder nicht.
Ja, sagt er.
Sie weiß nach diesen vorbereiteten Sätzen nicht gleich eine Fortsetzung und stellt ihm eine Flasche Ottakringer und ein Glas hin, nachdem sie ihn gefragt hat, ob er ein Bier trinken möchte. Sie redet über ihre Lage und wiederholt dabei mehrere Sätze.

Was haben Sie sich gedacht? sagt sie. Es war ja Ihre Anzeige.
Ich habe keine Ahnung, sagt er, was in der Annonce gestanden ist. Ich habe nur die Rechnung und den Erlagschein zugeschickt bekommen; kein Heft.
Ich hab es schon noch, sagt sie, steht auf und nimmt die zerknitterte Zeitschrift aus einem Schrank unter einigen Pullovern und Blusen weg. Da steht es, sagt sie, und S. liest die drei Zeilen, die ihn fünfzig Schilling gekostet haben, die er aber wie ein Volksschüler herunterratschen könnte.
Sie haben das nicht ernst gemeint, sagt sie, weil sie eine Befürchtung in sich entdeckt.
Doch, sagt er. Das war mir schon ernst.
Gottseidank, sagt sie. Ich habe mir eben gedacht, nachdem sich mein Mann nicht mehr um mich kümmert, es so zu probieren. Ich weiß nicht, ob Sie das verstehen.
Wieviele Antworten haben Sie bekommen?
Ich habe nur Ihnen geschrieben, sagt sie und hält ihre eigenen Knie.
Und wie ist das bei Ihnen hier? Kann da niemand auftauchen?
Eigentlich nicht, erklärt sie und läßt ihre Knie wieder aus. Mein Sohn ist jeden Tag im Gymnasium, mein Mann ist im Geschäft. Dem müßte schon schlecht werden oder sonst irgendwas passieren.
S. erzählt eine Geschichte: daß ihm in einer ähnlichen Situation ein Mann den rechten Arm gebrochen hat. Sie glaubt ihm das nicht.
Das ist nicht mein erster Versuch, sagt sie, Minuten später.
Im Urlaub vor drei Jahren hat es ein kurzes Verhältnis mit dem Reiseleiter gegeben. Ich hab mit dem Bub ein Zelt gehabt, mein Mann war in einem anderen. Zwei Mal bin ich dann nachts hinunter ins Zelt des Reiseleiters.
Ihr Mann hat nichts bemerkt?
Ich bin mir nicht sicher. Am Morgen nach dem zweiten Mal, ich war ohnehin immer nur ein paar Stunden unten, ist er plötzlich beim Zelteingang gestanden. Ich bin aufgewacht. Er hat gesagt, er wolle sich nur davon überzeugen, daß ich im Zelt bin. Er habe geträumt, daß ich beim Reiseleiter auf dem Feldbett sei, worauf er den Reiseleiter erschossen habe.

Erschossen? fragt S. Er drückt die Fersen gegeneinander.
Erschossen. Aber eben nur im Traum. Ich habe ihm dann im Urlaub keinen Anhaltspunkt mehr gegeben, mir nicht zu trauen.
Hat er einen Revolver?
Nein. Soviel ich weiß, hat er keinen. Nach dem Urlaub habe ich dem Reiseleiter, der war noch keine dreißig, ein paarmal geschrieben, bis seine Mutter einen Brief erwischt hat. Die war dann hier bei mir und hat mir Vorhaltungen gemacht. Gedroht hat sie auch. Die hat wahrscheinlich geglaubt, ich will ihn heiraten.
Die Kassbach steht auf und holt ein zweites Bier aus dem Eiskasten. Brote habe ich Ihnen auch gemacht, sagt sie. Dann zeigt sie ihm ihre Kakteen im Vorraum, im Stiegenaufgang und im Schlafzimmer. S. schaut geduldig hin. Er steht einen Meter neben ihr. Als sie ins Zimmer zurückwill, dreht sie sich plötzlich um und legt ihren Kopf an seinen Hals.
Hier? sagt er und zeigt auf das gemachte Bett, während er die andere Hand in ihren Haaren hat.
Drüben, sagt sie, geht ins Wohnzimmer vor und nimmt eine Decke mit großen Karos aus dem Schrank.

(Taras Borodajkewycz.)
Zitat: Das Geflunker von der Österreichischen Nation gehört zu den unerfreulichsten Überresten des an Gesinnungs- und Würdelosigkeit reichen Jahres 1945. Es entstammt der Haltung, die den bisherigen Ehrenkodex der Menschheit umgestülpt und Feigheit, Fahnenflucht und Verrat als die wahren Tugenden des österreichischen Mannes gepriesen hat.
Am 20. Jänner 1965 richten die sozialdemokratischen Abgeordneten Dr. Klein-Löw und Mark an den Unterrichtsminister eine Anfrage, die die Tätigkeit von Taras Borodajkewycz als Professor für Geschichte an der Hochschule für Welthandel betrifft. Die Abgeordneten zitieren unter anderem die Bonner Wochenzeitung *Das Parlament*, in der der Professor erklärt hat: Es ist nur ein Teil der gesamtdeutschen Katastrophe, daß wir deutschen Österreicher zum zweitenmal innerhalb einer Generation das größere Vaterland verloren haben.

Die Abgeordneten fordern die Einleitung eines Disziplinarverfahrens wegen der antidemokratischen, großdeutschen und nazifreundlichen Gesinnung des Professors. Der Verband Sozialistischer Studenten verlangt darauf eine Aussprache mit Borodajkewycz.
Die Österreichische Hochschülerschaft hält aber am 23. März eine Versammlung ab, bei der sich Professor Borodajkewycz rechtfertigen soll.

23. März: Walter hat Kassbach schon am Morgen mitgeteilt, daß es bei der Veranstaltung zu Provokationen von linken Studenten kommen könnte. Vorwiegend RFS- und andere nationale Studenten sind anwesend, als Borodajkewycz mit *Meine lieben jungen Freunde* eröffnet. Die Stimmung ist von Anfang an gut. Der Professor wird immer wieder von Applaus unterbrochen. Borodajkewycz sagt, daß er freiwillig der NSDAP beigetreten ist. In der Folge spricht er vom *Juden* Kelsen, auf den die Österreichische Verfassung zurückgeht. Das löst Heiterkeit aus. Überhaupt gibt es großes Gelächter, wenn von Juden die Rede ist. Im Anschluß an diese Rechtfertigung, die eine neofaschistische Demonstration ist, die auch vom österreichischen Fernsehen übertragen wird, wiederholt Borodajkewycz gegenüber Journalisten: Die Österreichische Nation ist ein Geflunker. Kassbach, der bisher noch nie eine Universität oder eine Hochschule von innen gesehen hat, gerät mit einem Kabelträger des Fernsehens in eine Auseinandersetzung.

Die Wiener Staatsanwaltschaft leitet eine Untersuchung nach dem NS-Gesetz ein. Eine Unzahl von Organisationen und Verbänden protestiert und verlangt die unverzügliche Absetzung des Professors.
Der Wiener Gemeinderat beschließt mit den Stimmen der SPÖ, ÖVP und KPÖ: Der Gemeinderat der Stadt Wien erwartet, daß die Universitäten und die anderen höheren Schulen in Wien alles daransetzen, um den Ungeist des Nationalsozialismus, des Antisemitismus und des Großdeutschtums, der sich nicht nur bei den Hörern der Hochschulen äußert, sondern leider auch bei einigen Hochschullehrern, endlich zu beseitigen.

Die Mandatare der FPÖ stimmen dagegen.
Der Vorsitzende der Österreichischen Hochschülerschaft Heinzpeter Thiel distanziert sich allerdings von der *unfairen* und *unkorrekten* Vorgangsweise gegen Professor Borodajkewycz. Die Hochschülerschaft in Graz weist Thiels Ansicht zurück.
Am 24. März demonstrieren Studenten vor der Hochschule für Welthandel gegen den Professor. Deutschnationale Studenten begrüßen Borodajkewycz mit „Hoch" und „Heil".
Der akademische Senat an der Hochschule für Welthandel zeigt keinerlei Reaktion. Der Wiener Landtagspräsident (und spätere Bürgermeister) Bruno Marek und der Generaldirektor der Post Dr. Schachinger legen darauf ihre Ämter im Prüfungsausschuß der Hochschule für Welthandel zurück.

Die am Montag, dem 29. März, in der Wiener Innenstadt stattfindende Demonstration von etwa 1.000 Studenten für die Absetzung des Geschichtsprofessors wird mehrmals durch Schlägertrupps überfallen. Werner und Kassbach isolieren in der Krugerstraße einen Demonstranten, der nach mehreren Böller-Detonationen ohnehin schon davonlaufen will, und schlagen ihn in einem Hinterhof nieder. Außerdem werden die Demonstranten mit Orangen, Paradeisern und Eiern beworfen.

Für den Mittwoch rufen die Österreichische Widerstandsbewegung und das Aktionskomitee der antifaschistischen Studenten zu einer weiteren Demonstration auf. Der Unterrichtsminister Theodor Piffl-Perčević erklärt im Parlament: Ich würde Borodajkewycz nicht suspendieren, auch wenn ich könnte.

31. März: Um 17 Uhr versammeln sich auf dem Wiener Karlsplatz (vor der Karlskirche) über 5.000 Demonstranten, die dem Demonstrationsaufruf gefolgt sind. Neben der Technischen Hochschule und im Resselpark versammeln sich die neonazistischen Gegendemonstranten. Kassbach hält vorerst eine Tafel, die ihm einer in die Hand gedrückt hat, auf der *Lehrfreiheit* steht. Er gibt sie an einen Studenten weiter, dem er sagt, er solle sie einen Moment für ihn halten, und entfernt sich. Kisten mit Obst und

Eiern stehen schon da, mit denen (als Witze und Bemerkungen nicht mehr reichen) über die Straße auf die Demonstranten geschossen wird. Walter und Kassbach schleudern die vorbereiteten Knallkörper und Stinkbomben in die Menge.
Als sich der antifaschistische Demonstrationszug in Bewegung setzt, formieren sich auch die Gegendemonstranten und marschieren die Wiedner Hauptstraße hinunter. Neben und hinter der Oper kommt es wieder zu durch Werfen von Böllern und Buttersäuregefäßen verursachten Zusammenstößen. Ein Sprecher mit Megaphon wird von einem Stein getroffen. Vor dem Hotel Sacher wird der 67 Jahre alte Ernst Kirchweger durch einen Schlag so schwer verletzt, daß er seinen Verletzungen erliegt.
Beim inneren Burgtor und beim Burgtheater wird der Demonstrationszug weitere Male mit Sprechchören wie „Proleten raus" und „Hoch Auschwitz" überfallen. Kassbach prügelt mit seiner Stahlrute in jede Richtung mit.
Die Polizei mischt sich nicht ein.
Der Demonstrationszug endet mit der Österreichischen Bundeshymne beim Denkmal der Republik. Kassbach hat zu diesem Zeitpunkt seine Stahlrute längst weggeworfen.
Er beteiligt sich dennoch an mehreren raschen Aktionen gegen einzelne Demonstranten, die sich zum Teil schon auf dem Heimweg befinden.
Auf dem Rückweg zum Auto redet ihn in der Kärntner Straße vor dem Steffl-Kaufhaus eine Prostituierte an. Er geht mit ihr bis zur nächsten Seitengasse. Dann sagt er nein.

Mit Hilfe von Aufnahmen des Fernsehens wird der Student Günther Kümel verhaftet, der Ernst Kirchweger den tödlichen Schlag versetzt hat. Kümel war schon 1959 beim Schiller-Aufmarsch dabei. 1961 war er an Sprengstoffanschlägen, unter anderem gegen das Parlament, beteiligt.
Die Polizei entdeckte bei der damaligen Hausdurchsuchung einen Christbaum, der mit Hakenkreuzen und Odalsrunen behängt war. Kümel wurde zu zehn Monaten Arrest verurteilt. Auch diesmal kommt er mit einer geringen Strafe wegen Totschlags davon.

Die Mehrzahl der Verletzten gab es auf der Seite der Demonstranten gegen Borodajkewycz. Neben den Schillerfeiern im Jahre 1959 war diese Gegendemonstration das einzige geschlossene Auftreten der verschiedenen nationalen und rechtsradikalen Gruppen.

Am Samstag ruft der Direktor des Gymnasiums an. Kassbach müsse sofort seinen Sohn, der sich den vierten Tag auf dem jährlichen Schulschikurs befindet, abholen, weil es einen disziplinären Vorfall gegeben habe. Wenn Sie ihn nicht bis Sonntag in der Früh holen, sagt der Direktor, muß ein Professor mit Ihrem Sohn heimfahren. Dann kommt es Ihnen teuer.
Was passiert ist, sagt der Direktor nicht.
Kassbach flucht, schießt ein paar leichtere Gegenstände durch das Vorzimmer und macht sich auf den Weg. Vera, die mitkommen will, läßt er nicht in den Wagen.
Der Schikursleiter ist Georgs Klassenvorstand. Er bringt Kassbach in sein eigenes Zimmer, in dem Georg auf dem einzigen Bett sitzt und grinst.
Gar nicht anzusprechen, sagt der Klassenvorstand im blauen Trainingsanzug.
Was ist geschehen?
Tabletten, sagt der Klassenvorstand und hält Kassbach zwei halbvolle Glasröhrchen hin. Sie müssen ihn mitnehmen, sagt er. Über die Folgen wird erst nach Beendigung des Schikurses entschieden.
Ist er der einzige? will Kassbach erfahren und macht eine Handbewegung in Richtung seines Sohnes.
Wir haben sonst keinen erwischt.
Kassbach faßt Georg am rechten Oberarm und führt ihn die Stiegen runter zum Wagen. Die Reisetasche ist schon hergerichtet auf dem Tisch gestanden. Während der Heimfahrt will Kassbach Georg zur Rede stellen, aber der hört ihn gar nicht. Er redet jetzt nur ununterbrochen, nimmt jeden Scheinwerfer eines vorbeifahrenden oder überholenden Autos, jedes winzige Geräusch zum Anlaß. Bei einer Tankstelle bemerkt Kassbach Georgs rot entzündete Augen.
Etwa bei der Stadteinfahrt übergibt sich Georg im Auto. Dann ist er ganz still. Bevor Kassbach im Vorraum des Hauses das Licht

einschaltet, schlägt er Georg zu Boden. Wir reden morgen, sagt er und kümmert sich nicht mehr um ihn, der, ohne etwas zu begreifen, auf dem Vorraumteppich liegen bleibt.

Sonntag um acht will Kassbach Georg aufwecken, der sich in seinem Zimmer eingeschlossen hat. Kassbach trommelt gegen die Tür. Von Georg ist kein Laut zu hören. Kassbach bricht die Tür auf, ist aber bereits so in Wut, daß er sich dabei mit dem Schraubenzieher an der linken Hand verletzt.

Georg ist wach. Er sitzt auf seinem Bett und lehnt mit dem Kopf an der Wand. Jetzt dreht er seinen Kopf langsam in Richtung Zimmertür.

Der hat ein ganzes Reservoir! schreit Kassbach zu Vera, die hinter ihm die Treppe heraufkommt. Er ist ganz sicher, daß Georg noch etwas genommen hat. Zum ersten Mal sieht er jetzt auch die farbigen Poster, die an den Wänden hängen, denen die Militärflieger einer Brausefirma weichen mußten.

Georgs Augen sind ganz schmal. Kassbach zieht ihn am Hemd und an den Haaren die Treppe runter ins Bad, wo er ihn so ausläßt, daß er mit dem Kopf gegen die Badewannenverbauung schlägt. Kassbach läßt die Wanne mit kaltem Wasser vollaufen und hebt Georg samt den Kleidern hinein. Den Kopf drückt er ihm unter das Wasser, auch dann noch, als er Georgs Gegendruck und den Griff seiner Hände am Rand der Badewanne bemerkt. Dann zieht ihn rasch hoch, ohrfeigt ihn und drückt ihn wieder ins Wasser.

Nach mehrmaligen Wiederholungen schafft er ihn wieder ins Zimmer und läßt ihn ins Bett fallen. Die Bilder, die er nicht versteht, kratzt er von den Wänden.

In verschiedenen Taschen Georgs findet er Tabletten, in einer Dose ein helles Pulver, das er nicht kennt. Er wirft alles ins Klo.

Vera ist längst nicht mehr dabei. Sie hat sich in die Küche zurückgezogen, wo sie mit dem Mittagsgeschirr beschäftigt ist.

Den Nachmittag schläft Georg durch. Um sechs weckt ihn Kassbach auf, indem er ihn wieder an den Haaren faßt.

Wo hast du das Zeug her? will er wissen.

Sage ich nicht, sagt Georg, der seine Augen nur mit Anstrengung offenhalten kann.
Warum nimmst du diesen Dreck? Was hast du davon?
Es macht mir Spaß.
Es hat nicht so ausgesehen, als ob es dir Spaß macht.
Dann kann man es leichter ertragen.
Was?
Die Schule. Die Angst. Dich.
Kassbach schlägt ihm die rechte Faust in den Magen. Ich prügel dich windelweich, brüllt er. Ordentliche Antworten!
Ich will ordentliche Antworten haben!
Georg sagt nichts mehr.
Ich habe alles weggeworfen, sagt Kassbach. Alles, was ich gefunden habe.
Du kannst gar nicht alles finden.
Du hörst auf damit!
Georg schaut auf Kassbachs Schuhspitzen, gibt aber keine Antwort. Kassbach faßt ihn am linken Oberarm.
Du hörst auf damit! Verstanden?
Ja, sagt Georg langsam und dreht sich zur Wand.
Wenn du nicht aufhörst, wenn jetzt nicht Schluß ist, sperr ich dich Tag und Nacht in diesem Loch ein. Kapierst du das?
Kassbach geht aus dem Zimmer. Im Wohnzimmer liest er die Beschreibungen, die zu den weggeworfenen Tabletten gehören, versteht aber kein Wort.

Der Schikurs dauert noch bis Dienstag. Mittwoch ist wieder Unterricht. Georg hat also noch zwei Tage Zeit, sich zu erholen. Kassbach verbietet ihm bis Mittwoch jeden Schritt ins Freie; außer in den Garten. Für Kassbach ist zum größten Teil seine Frau schuld. Sie hat Georg wie ein *rohes Ei* behandelt und besitzt trotzdem nicht sein Vertrauen. Sie hätte es merken können. Sie hätte es merken müssen.
Gleich am Mittwoch findet im Gymnasium eine Disziplinarkonferenz statt, bei der sechs Stunden Schulhaft (mit Eintragung in den Hauptkatalog) für eine entsprechende Bestrafung gehalten

werden. Der Ausschluß aus der Schule wird angedroht und Kassbach mit einem eingeschriebenen Brief ins Haus geschickt.

(Grundsätze.)
Auf der eigentlichen Gründungsversammlung der NDP, am 11. Februar 1967, werden die zehn *Unveränderlichen Grundsätze der Nationaldemokratischen Partei* beschlossen:

1. Die Österreicher deutscher Muttersprache gehören dem deutschen Volke an; deshalb ist Österreich ein deutscher Staat. Unsere Politik ist ausgerichtet auf die Lebensinteressen des gesamten deutschen Volkes.
2. Die Eigenart der europäischen Völker ist die Grundlage ihrer schöpferischen Leistung. Unser Wille zur Arterhaltung erfordert den Zusammenschluß europäischer Völker auf der Grundlage der Gleichberechtigung und des Heimat- und Selbstbestimmungsrechtes als Ordnungsprinzip.
3. Das Volk steht über dem Staat. Das Volk ist gottgewollt, der Staat ein Werk von Menschen zur Regelung ihres zeitlichen Zusammenlebens.
4. Die Familie ist die Keimzelle des Volkes. Sie bedarf jeden Schutzes und aller Förderung.
5. Wir bekennen uns zum Menschen als einer sittlich gebundenen, verantwortungsbewußten und der Gemeinschaft verpflichteten Persönlichkeit, ohne die weder Volk noch Staat bestehen können.
6. Nationales Denken verpflichtet zu sozialem Handeln. Wir bekennen uns daher zur sozialen Volksgemeinschaft und lehnen den volkszerstörenden Klassenkampf in jeder Form ab.
7. Das Kapital hat der Wirtschaft, die Wirtschaft dem Volke zu dienen und nicht umgekehrt.
8. Wir bekennen uns zu einer den lebensgesetzlichen Erkenntnissen gemäßen Geschichts- und Weltauffassung, zur Kultur und Lebensart, die in unserem Volke verwurzelt sind und ursprünglich aus der Kraft des Bauerntums geschaffen wurden. Die Erziehung der Jugend ist danach zu gestalten.
9. Wir bekennen uns zur vollen Gewissens- und Religionsfreiheit,

zur Rechtsstaatlichkeit und zur Demokratie als Ausdruck der Selbstbestimmung des Volkes.
10. Wir bekennen uns zum Wehrdienst als Ehrendienst für Heimat und Volk.

S. soll am Donnerstag das zweite Mal kommen. Er überlegt es sich und telefoniert knapp vor sieben Kassbach im Geschäft an und sagt ihm ohne Nennung seines Namens, daß seine Frau um neun Besuch erwartet. Kassbach macht sich rechtzeitig auf den Weg und ist zehn Minuten nach neun im Haus. Möglicherweise ist das eine Gelegenheit, auf die er gewartet hat. Er findet außer seiner Frau niemand vor. Er schreit herum und verrät damit sofort den Grund seines überraschenden Heimkommens. Er überprüft mögliche Verstecke und verläßt wortlos das Haus.
Um zehn ruft S. bei Vera Kassbach an. Er sagt irgendeine Begründung für seine Verspätung und will wissen, ob er noch kommen soll. Die Kassbach erzählt ihm gleich, daß Kassbach im Haus kontrollieren war. S. lehnt darauf sein weiteres Kommen im Hinblick auf die Gefährlichkeit und mit einem Hinweis auf seine Erfahrungen dieser Art ab und legt rasch auf. Die Kassbach trinkt das bereitgestellte Märzen-Bier selber.

Freitag. 1. März. K. hat Kassbach wenige Minuten nach Mittag verständigt. K. hat ihm auch gesagt, daß Walter heute dabei ist. Es geht los. Es geht endlich los. Treffpunkt ist eine Autowerkstatt, die sich abseits in einer Nebenstraße in einem Rohziegelbau befindet. Der Besitzer wird auch mitmachen und ist, wie K. bestätigt, einer der verläßlichsten Kameraden in der INITIATIVE. Das Ziel ist ein kommunistisches Parteilokal, das sich ganz in der Nähe befindet. Kassbach kennt den Namen der Gasse.

Nach Geschäftsschluß fährt Kassbach gleich zu Walter, der seit wenigen Wochen zwei Zimmer und Nebenräume in einem Neubau hat. Verheiratet ist Walter nicht, sein Interesse sind Schüler zwischen zwölf und achtzehn.
In der Autowerkstätte müssen sie erst nach 23 Uhr sein. Sie sitzen

im Zimmer, der Fernseher läuft ohne Ton. Walter hat ein großes Aquarium mit Segelflossern und Makropoden und drei kleine Behälter, in denen er lebendgebärende, kleinere Fische züchtet.
Kassbach entdeckt in einem Aquarium einen winzigen, schwarzen Fisch, der auf der Unterseite ein Loch hat, aus dem ihm rosa Fleisch hängt. Kassbach macht Walter darauf aufmerksam.
Der wird wo hängengeblieben sein, sagt er. Ein kleiner Molly ist das.
Der lebt wahrscheinlich nicht mehr lang, sagt Kassbach.
Nein, sagt Walter. Ich werf ihn lieber rüber zu den Skalare.
Er nimmt aus einer Schublade ein grünes Netz und fischt den verletzten Molly, der sich kaum mehr bewegt, aus dem Behälter. Danach schiebt Walter die Abdeckplatte des großen Aquariums zurück und läßt das schwarze Fischchen aus dem Netz ins Wasser fallen.
Paß auf, sagt Walter.
Der Molly versteckt sich zuerst zwischen den feinfaserigen Wasserpflanzen, bis ihn ein Marmor-Skalari entdeckt hat und mit einer Geschwindigkeit, die Kassbach diesem (seinem Aussehen nach behäbigen) Fisch gar nicht zugetraut hat, auf ihn zuschwimmt. Der winzige Fisch schnellt fast durchs Wasser, der Skalari ist ebenso geschwind hinter ihm her. Der Skalari scheint einen beinahe wütenden Gesichtsausdruck zu haben. Dann erreicht er den verletzten Fisch, schnappt ihn in sein Maul, spuckt ihn, der noch zuckt, wieder ins Wasser, packt ihn ein zweites, dann ein drittes Mal, bis er ihn endlich mit kräftigen Beißbewegungen im Maul behält.
Nicht schlecht, was? sagt Walter und legt das Netz, das er abtropfen läßt, in die Lade zurück, die er mit Zeigefinger und Daumen zuschiebt. Kassbach glaubt einen anderen verletzten Fisch entdeckt zu haben und zeigt mit dem rechten Zeigefinger hin.
Der scheißt nur, sagt Walter und dreht die Neonbeleuchtung der Aquarien ab. Kassbachs Mund ist ausgetrocknet, er holt sich eine Flasche Bier, die Walter in der Badewanne im Wasser stehen hat.
Bis eine halbe Stunde nach zehn spielen sie Karten. Dann fahren sie in ihren leichten Mänteln mit dem Lift ins Erdgeschoß. Im VW-Bus zündet sich Walter eine Zigarette an, weil er den Gemü-

segeruch nicht leiden kann. Der Besitzer der Werkstätte macht ihnen auf. Kassbach kennt ihn schon vom Sehen: Er ist ungefähr fünfundvierzig und fast unvorstellbar beleibt.
Ich bin ein eingefleischter Nazi, sagt er gleich im ersten Satz.
Angesichts seiner Körperausmaße muß sogar Kassbach lachen. Der Werkstättenbesitzer, der Hermann heißt, soll den Wagen lenken. Kassbach nimmt aus dem Ablagefach seines VWs den Wehrmachtsrevolver und steckt ihn hinten in die Hose. Walter nickt. Hermann hat schon auf dem Rücksitz seines Cortinas vier Pflastersteine liegen, die er bei einer unbewachten Baustelle besorgt hat. Das Parteilokal, das ausgewählt worden ist, besteht nach außen nur in einer schmalen Tür und zwei Auslagen: links und rechts. Beim Einbiegen in die Gasse schaltet Hermann das Stadtlicht ab und hält den Wagen bei laufendem Motor auf der Fahrbahn in zweiter Spur an.
Die linke ist meine, sagt Kassbach, öffnet die Autotür hinten, schleppt den ersten Stein bis auf den Gehsteig, hebt ihn in Kopfhöhe und schleudert ihn in die Auslage, die sofort in Trümmer geht. Hier wird kein zweiter Stein gebraucht. Bei Walter geht es nicht so gut, bei ihm ist nur ein kleines Loch im Glas und ein Sprung bis zur rechten oberen Ecke.
Genügt trotzdem, sagt Hermann zu Kassbach, der zum Wagenfenster kommt, und reicht ihm den Farbtopf. Kassbach schmiert mit dem weißen Lack gleich auf die rechte Auslage: Kampf den roten Volksverrätern!
Walter sitzt schon wieder im Auto, Kassbach läuft zurück und steigt hinten ein. Die beiden restlichen Steine bleiben im Wagen. Der Werkstättenbesitzer fährt an. Kassbach schaut aus dem hinteren Fenster, ob irgendwo ein Licht angeht oder angegangen ist. Er sieht keines. Was hinter den Auslagen ist, hat Kassbach nicht gesehen.
Prächtig, sagt Hermann, der wieder das Abblendlicht eingeschaltet hat. Er dreht sogar das Autoradio auf.
Die Steine sollten wir besser irgendwo rauswerfen, sagt Walter.
Unsinn, sagt Hermann. Die brauchen wir noch.
Ich meine, falls wir aufgehalten werden.
Wir werden nicht aufgehalten, sagt Hermann und ist völlig sicher.

Er pfeift zum Walzer, der aus dem Autoradio kommt: Gold und Silber. Die Kurznachrichten dreht er ab.
Kassbach bleibt die Nacht über auf einem Stahlrohrbett bei Walter. Wenn die beiden anderen, ähnlichen Kommando-Aktionen ebenfalls erfolgreich waren, denkt Kassbach, ist das ein zufriedenstellender Beginn.

Wissen Sie, was heute Nacht hier passiert ist?
Ja. Sicher. Jeder weiß das.
Wissen Sie, wann es war?
Auf jeden Fall nach zwölf.
Haben Sie was gehört? Oder gesehen?
Nein. Gehört habe ich nichts. Unsere Fenster, wissen Sie, gehen nach hinten auf den Hof. Da kann man absolut nichts hören, was hier vorne los ist.
Haben Sie eine Ahnung, wer das gewesen sein könnte?
Ich weiß nicht. Von hier war es keiner, ich meine, von hier aus der Gasse war es keiner. Bestimmt nicht. Vielleicht Studenten?
Wie kommen Sie auf Studenten?
Weiß ich nicht. Die sind doch überall dabei, wenn was passiert. Wer sollte es sonst gewesen sein?
War das ein politischer Anschlag?
Ja. Politisch. Das war sicher politisch. Aber da versteh ich nichts, wissen Sie, absolut nichts.

Haben Sie was gehört?
Ja, meine Frau hat es gehört, die hat mich geweckt. Da habe ich es dann auch gehört.
Wann war denn das?
Na, etwas nach zwölf.
Was haben Sie gemacht?
Ich bin auf und zum Fenster, weil ich gedacht habe, da ist ein Unfall passiert. Zuerst habe ich gar nichts gesehen. Auf der Straße war ja nichts. Erst nachher ist mir die Auslage, die kaputte, und die Schrift da aufgefallen. Ich kann ja direkt vom Schlafzimmer aus hierher schauen.

Gesehen haben Sie niemand?
Nein, ich hab niemand gesehen.
Was sagen Sie zu dem Vorfall?
Was soll ich sagen?
Ihre Meinung zu dem Anschlag.
Na, das war eben ein politischer Anschlag. Das hat wem nicht gepaßt hier.
Wem?
Keine Ahnung.
Was würden Sie jetzt vorschlagen?
Einfangen die Leute und einsperren.
Haben Sie einmal gesehen, was in den Auslagen war?
Ich weiß es nicht. Propaganda?

Sind Sie auch aufgewacht?
Ja. Ich habe aber nur noch den Wagen abfahren gesehen.
Was war das für ein Wagen?
Das kann ich Ihnen nicht sagen. Ein heller Wagen. Die Marke und die Type kann ich nicht sagen. Ich weiß da nicht Bescheid.
Was sagen Sie dazu?
Das wird noch ärger werden, glaube ich. Die das gemacht haben, die werden bestimmt wiederkommen.
Sie glauben also an eine Wiederholung, wenn hier alles repariert ist.
Ja. Nicht nur das. Vielleicht kommen die das nächste Mal mit Sprengstoff.
Wer war das ihrer Meinung nach?
Irgendwelche Rechte. Die Kommunisten waren es sicher nicht. Die werden sich ja nicht ihr eigenes Lokal ruinieren.
Was könnte man machen?
Ich bin kein Polizist. Das weiß ich nicht. Vielleicht öfter als bisher eine Funkstreife herschicken.
Wissen Sie, was hinter den Auslagen ist?
Die *Volksstimme*. Die KP-Zeitung, Manchmal lese ich, was da drin steht.
Waren Sie einmal im Lokal?
Ich bin kein Kommunist.

Was ist Ihre Ansicht?
Die gehören weg!
Wer?
Die Kommunisten. Wer weiß, was sonst noch alles passiert.
Warum sollen die Kommunisten weg?
Solange die hier im Haus sind, sind wir alle gefährdet. Alle Hausparteien.
Wenn die Kommunisten weg sind, fühlen Sie sich sicher?
Ja.
Aber das Lokal müßte dann woanders hinkommen.
Eben.

Wer könnte das gewesen sein?
Rowdys. Lausbuben.
Haben Sie nicht gesehen, was hingeschmiert wurde?
Ich sage ja: Lausbuben.

Wann ist das gewesen?
Um halb eins. Ich war schon im Bett. Den Lärm habe ich gehört, bin aber nicht aufgestanden, weil ich geglaubt habe, das ist drüben auf dem Markt.

Wer ist das gewesen?
Schauen Sie sich an, was da steht. Lesen Sie das, dann kennen Sie sich aus und müssen nicht fragen.
Was soll die Polizei machen?
Die wird gar nichts machen. Die erwischen doch, wenn so was passiert, nie einen.
Glauben Sie, daß die Polizei kein Interesse an der Aufklärung dieses Anschlags hat?
Ja, das glaube ich.

Was sagen Sie dazu?
Ich sag nichts.
Finden Sie den Anschlag in Ordnung?
Ich sag nichts.

Sie haben es auch gehört?
Nein, ich bin nicht von hier.
Wissen Sie, was vorgefallen ist?
Ja.
Wer könnte das gewesen sein?
Die Kummerln werden das selber inszeniert haben. Die wollen das nachher jemand anderem anhängen. Das kenn ich.

Die Meerschweinchen müssen endgültig weg. Ihre Liquidierung ist kein Problem. Ich werfe sie nacheinander in die Senkgrube. Meerschweinchen sind sehr schlechte Schwimmer und können sich nur kurze Zeit über Wasser halten. Sie geben auch keinen Ton mehr von sich, sondern gehen vollkommen lautlos unter.

Kassbach verbringt einen beinahe üblichen Samstag. An einem Besuch bei seiner Tochter beteiligt er sich nicht. Georg verhält sich unauffällig und zieht das Mitgehen vor. Kassbach betrachtet einen Judokampf, der fast kostenlos in einem Sportzelt zu besichtigen ist. Am Abend, in den ersten Fernsehnachrichten, ist eine kurze Meldung von den Anschlägen auf die KP-Lokale. Ohne Bilder. Erst jetzt hat Kassbach die Bestätigung, daß auch die anderen Anschläge funktioniert haben. Ein kommunistischer Funktionär wird interviewt, dann aber mitten im Satz abgeschnitten, bevor es mit einem Folklore-Festival weitergeht.
Beim anschließenden Rundgang gibt es keinen Erfolg. Beim Zahnarzt sind alle Vorhänge vor. Die Lehrerin scheint nicht daheim zu sein. An andere Stadtteile wagt sich Kassbach nicht heran, weil er nur hier die örtlichen Besonderheiten genau kennt.

Am Sonntag ist ein Fußball-Länderspiel im Stadion. Kassbach, Werner und Walter haben schon seit Mittwoch Eintrittskarten. Nach einem offenen Bier im *Walfisch* machen sie sich zu Fuß auf den Weg ins Stadion. Die Autos lassen sie in der Nähe der Gaststätte. Im Stadion bekommen sie Stehplätze. Das Vorspiel ist

noch nicht zu Ende. Werner und Kassbach beginnen mit einem Jugendlichen zu streiten, der ihnen zu viel schreit, worauf ihm Werner aus seinem Papierbecher etwas Bier wie unabsichtlich in den Kragen schüttet. Der etwa Sechzehnjährige geht eine Stufe weiter hinunter.
Schließlich erfolgt die Ansage der Mannschaftsaufstellungen, dann kommen die Hymnen. Kassbach und Walter lassen ihre Hüte auf dem Kopf. Ein Alter hinter ihnen, dessen Brillenfassung in der Mitte mit einem blauen Isolierband geklebt ist, regt sich auf.
Das ist eine Hymne, sagt er.
Eine *National*hymne, ich weiß, sagt Walter.
Runter mit den Hüten, sagt der Alte jetzt lauter.
Geh scheißen, sagt Walter. Halt die Goschen.
Was ist mit dem da? sagt Kassbach und zeigt auf den Sechzehnjährigen, der seine Schirmkappe aufhat und noch immer zwei Stufen unter ihnen steht.
Der versteht das nicht, sagt der Alte. Noch nicht.
Ich auch nicht, sagt Kassbach. So alt werde ich nie.
Werner nimmt dem Sechzehnjährigen die Kappe weg und drückt sie dem Alten über die Stirn. Man geht nicht mehr ohne Hut, sagt er. Der Alte schleudert die Kappe in den weiter unten befindlichen Sitzsektor. Der Sechzehnjährige heult vor Wut, kommt nach oben und zerschlägt mit der Faust Kassbachs Bierbecher, der noch halbvoll ist. Jetzt muß er auflachen, obwohl er immer noch heult. Dann bringt er sich rasch hinter einem Polizisten mit Funkgerät in Sicherheit. Vom Sitzplatzsektor wirft einer die Kappe wieder zurück. Sie segelt noch ein paarmal zwischen den Sektoren hin und her, bis sie einer mit roter Armbinde und fast ebenso rotem Kopf fängt und festhält. Der Alte ist weg.
Während der Pause wollen zwei jüngere Frauen durch das Gedränge nach oben, was alle zu Berührungen nützen. Auch Werner ist gleich mit einer Hand im Mantel der größeren und will sie außerdem mit dem vorgestellten Bein aufhalten. Sie drückt ihm ihren Absatz auf die Schuhspitze.
Nach dem verlorenen Match sitzen sie zuerst um einen quadratischen Tisch in der Bierinsel. Sie tarockieren ein paar Runden, dazwischen erzählen Walter und Kassbach von ihrem gelungenen

Einsatz. Nach einem Weg auf die Toilette kommt Walter mit einem Mädchen zurück, das einen ziemlich betrunkenen Eindruck macht. Werner fährt mit ihr in der Geisterbahn, dann in der Grottenbahn, kommt aber wieder mit ihr zum Tisch.
Wie wäre es mit Pokern? schlägt Kassbach vor.
Pokern? sagt Werner.
Ja! schreit Walter, der gleich dafür ist, weil er schon ahnt, was für ein Spiel das werden soll.
Der Einsatz? fragt Werner. Kassbach sagt nichts und nimmt die „Doppeldeutschen" aus der Rocktasche.
Ich weiß schon, sagt Walter und schaut das Mädchen an, das gar nichts mehr mitzubekommen scheint. Werner versteht jetzt auch und ist einverstanden.
In Ordnung, sagt er.
Kassbach gewinnt mit zwei Königen. Die anderen zwei haben gar nichts, weil sie auf „Straßen" gewartet haben. Innerhalb weniger Minuten verabschieden sich beide kurz hintereinander. Das Mädchen bemerkt zuerst nicht einmal das Weggehen von Walter und Werner, dann möchte sie noch einen Marillenschnaps. Gegen zehn bringt sie Kassbach zum Auto, mit dem er in die Herbststraße will. Der Alkoholgeruch wird ihm zu stark, er öffnet das Seitenfenster. An einer Kreuzung steigt das Mädchen schnell aus und stolpert davon, bis es ein Taxifahrer auffängt und in sein Taxi befördert. Kassbach wird sich eine Geschichte ausdenken müssen, damit er beim nächsten Treffen etwas parat hat. Im übrigen hätte er die Vinylpuppe vor zwei Wochen lieber gewonnen.

(Pauline Z., 74, Rentnerin:)
Ich komm ins Geschäft rein und will drei Paprika kaufen. Der Kassbach gibt sie mir selber ins Zeitungsstanitzel. Ich greif schon in die Brieftasche. 15 Schilling, sagt der Kassbach. Ich sag: Was? Sagt er: 15 Schilling kosten die Paprika. Gradaus. Einer 5 Schilling. Sag ich: Das ist mir zu teuer. Da nehm ich sie lieber nicht. Sagt er: Die werden Sie nirgends billiger kriegen. Sag ich: Da kauf ich mir gleich ein Schweinernes.

Am Montag, nach dem Zusperren, geht Kassbach die Straße vor, am Korbgeschäft und am Fotostudio vorbei, den Schienen nach, die beim Kino nach links abbiegen, bis er in der Gasse steht, in der das kommunistische Parteilokal ist. Die linke Auslage, die Kassbach zerschlagen hat, ist bereits erneuert. Es riecht sogar ein bißchen nach Fensterkitt. Hinter der neuen Auslagenscheibe findet er genau das, was er sich gedacht hat. Die angeschlagene Tageszeitung. Ein Plakat: Kommunistische Partei – Für alle, die arbeiten. Hinweise auf Versammlungen. Ein Plakat für Preisstopp. Außerdem hängt noch ein Bericht über die Fortschritte einer Unterschriftenaktion gegen Politikerprivilegien da. Kassbach hält den ganzen Auslageninhalt für harmlos, unwirksam. Die andere Auslage ist noch so, wie sie am Freitag nach dem Anschlag war. Auch Kassbachs Schrift ist noch auf der Scheibe. Kassbach gibt ihr eine gewisse Ähnlichkeit mit der Schrift auf den Preistafeln, die er täglich schreibt. Rechts neben den Lackbuchstaben steht ein Filzstiftkommentar auf Packpapier:
Das ist die Argumentation der Neonazi. In der Nacht vom ersten auf den zweiten März haben bisher unbekannte Täter dieses Lokal und zwei andere im Stadtgebiet überfallen. Wo die Täter zu suchen sind, ist an der Schrift zu sehen. Ist es bloß Zufall, daß ausgerechnet jetzt neonazistische Gruppen frecher auftreten? Unterstützen Sie uns, helfen Sie mit, damit die Regierung, die die Sicherheitsbehörden bisher ohne Nachdruck nachforschen läßt, diesen Faschistenaktivitäten ein schnelles Ende bereitet.
Auf dem Rückweg zum Wagen kommen Kassbach die Schober und ihre Tochter entgegen, weichen aber auf die andere Straßenseite aus. Als er gleichfalls den Gehsteig wechselt, verschwinden sie hinter einem Haustor.

(Faschismus.)
Im Großen Duden steht Faschismus nach Faschingszeit und vor Fase (Abschrägung einer Kante). Im Österreichischen Wörterbuch ist nichts zwischen Fasching und Faselei.

Mittwoch. Ob es ihm Schwierigkeiten mache, etwas früher zu schließen, hat Erwin gefragt, der am Vormittag im Gemüsegeschäft war. Eine Flugblattaktion von trotzkistischen Studenten, von der die INITIATIVE erst gestern abend erfahren hat, soll verhindert werden.
Kassbach sperrt schon vor vier, nachdem er einen Verpackungskarton, auf dem er *familiäre Gründe* geltend macht, mit dicken Klebestreifen auf dem Rollbalken befestigt hat. Die Trotzkisten sollen bei einer Fabrik, die Elektrogeräte herstellt, ihre Flugblätter verteilen. Kassbach trifft Erwin im Überschwemmungsgebiet bei einem Strandwirtshaus, das noch geschlossen hat. Werner ist auch da.
Das Fabriksgelände ist direkt neben dem Gasometer. Vor dem Eingang, auf dem kleinen, gewalzten Platz, stehen wirklich mehrere Leute mit Flugblättern. Kassbach geht auf einen, der etwas von den anderen entfernt steht, von hinten zu, reißt ihm die Flugblätter aus der Hand, wirft sie auf den Boden und steigt drauf.
Hau ab, sagt Kassbach. Verschwind.
Der Betroffene läuft zu den andern: zwei Burschen und ein Mädchen. Werner stellt einen dritten gerade zur Rede, nachdem er ihm ebenfalls zuerst seine vervielfältigten Saugpostblätter entrissen hat.
Sie können ja reden, sagt das Mädchen. Wir können ja reden.
Wir reden nicht, sagt Kassbach.
Was wollt ihr denn? will sie wissen. Sie hat Zeitungen mit roten Überschriften unterm Arm.
Von euch gar nichts, sagt Kassbach.
Du persönlich kannst ihn mir blasen, brüllt Erwin und lacht. Wenn du überhaupt weißt, was das heißt. Deine Freunde können mich überhaupt kreuzweise.
Werner hat seinen selbst gewählten Gegner inzwischen auf den Sandboden geschlagen und kommt ebenfalls dazu. Er hält einen der beiden fest, die neben dem Mädchen stehen. Der zweite läuft weg. Kassbach ohrfeigt das Mädchen, das ihn attackiert, das darauf seine Brille verliert und im gleichen Moment die Zeitungen fallen läßt.

Jetzt kommen ein paar Lehrlinge aus der Fabrik, die eine Viertelstunde vor den Arbeitern Schluß haben. Einer von ihnen tippt mit der Fußspitze gegen den, den Werner niedergeschlagen hat, dann steigen sie auf ihre Mopeds und fahren ohne Interesse ab.
Willst du noch immer reden? sagt Erwin. Das Mädchen hat die Brille gefunden. Der, den Werner noch immer festhält, stößt den rechten Ellbogen in Werners Bauch. Werner läßt ihn kurz aus und versetzt ihm einen Stoß in den Rücken, sodaß er nach vorne stürzt. Das Mädchen hilft ihm auf. Idioten, sagt sie leise; und beide ziehen sich zurück zu den anderen, die hundertfünfzig Meter weiter warten.
Kurzer Spaß, sagt Kassbach und sichert sich ein Exemplar der auf dem Boden liegenden Zeitungen. Die Zeitung heißt *Rotfront.*
Ein bißchen schwach auf der Brust, die rote Front, sagt Werner im nächsten Weinhaus, während er mit einem Zahnstocher einen Bierdeckel ersticht.

(Lösungen.)
Nichts gelten lassen. Ein Bein stellen. Zur Rede stellen. Kaltstellen. Absägen. Das Maul stopfen. Mit einem nassen Fetzen davonjagen. Den Herrn zeigen. Bedrohen. Beschatten. Verfolgen. Umzingeln. Fangen. Foltern. Lynchen. Nicht locker lassen. Zappeln lassen. Anrennen lassen. Teeren. Federn. Bis zum Äußersten gehen. Zur Strecke bringen. Zerschlagen. Niederschreien. Niedersingen. Hochgehen lassen. Zur Vernunft bringen. Vernünftig schlagen. Konfrontieren. Erniedrigen. Erledigen. Endlösen.

(Teuerung.)
In der KP-Auslage ist ein Aufruf gegen die Teuerung gewesen. Kassbach wüßte, wenn ihm die Teuerung ein Problem wäre, ausreichendes Material, mit dem sich die Teuerung effektvoll erwischen ließe; nicht bloß in allgemeinen Aufrufen. Er weiß ja, daß die eigentliche Teuerung in den meisten Fällen über die tatsächliche Erhöhung des Endpreises hinausgeht.
Ein Hersteller von Säuglingsmilchpulver, das er seit Jänner letzten

Jahres verkauft, hat im Frühjahr des Vorjahres die Umstellung von Blechdosen auf Pappverpackung durchgeführt. Gleichzeitig wurde der Inhalt von 400 Gramm auf 300 Gramm reduziert. Der Preis blieb gleich. Ab Herbst hat die gleiche Firma das Pulver nicht mehr so konzentriert hergestellt. Das heißt: Die tatsächliche Trinkmenge pro Packung wurde weiter verringert. Vor wenigen Wochen wurde der Abgabepreis erhöht, was also eine dreimalige Verteuerung eines Produktes innerhalb eines Jahres bedeutet. Eine Reduzierung auf 250 Gramm wurde bereits für den Spätsommer angekündigt.

(Kassbach im Kaffeehaus B.)
Kaffeehaus *Zu den Langen Krügeln* sagen die, die öfter hier sind. Der Wirt hat ein Loch im Hals, das er sich beim Sprechen mit dem Zeigefinger der rechten Hand zuhalten muß. Kassbach sitzt allein an seinem Tisch, der in einer Nische steht und sogar eine eigene Lichtquelle besitzt. Kassbach sucht sich mit Sicherheit eine Person aus, die er zuerst unauffällig beobachtet: ein mindestens Vierzigjähriger, Reisender wahrscheinlich, der auch allein beim Tisch ist, Grimassen schneidet und zu verschiedenen Bewegungen ansetzt, während er bei einem aufgespritzten Roten auf das Essen wartet. Der Beobachtete bemerkt vorerst Kassbachs geübte Blicke nicht, bis Kassbach, nach dem zweiten Bier, ihm stur auf den Kopf schaut. Der Reisende windet sich unter der Bedrohung von Kassbachs Augen. Zumindest glaubt Kassbach das zu erkennen.
Kassbach hat erst kürzlich in einer Zeitschrift einen Tiger abgebildet gesehen, der einen Büffel überfällt und anschließend zum Teil verspeist. Angeblich hypnotisiert der Tiger seine Opfer, die die mögliche Flucht, die noch offen zu stehen scheint, nicht ergreifen. Eine Fähigkeit, wenn sie auch nicht stimmen sollte, die bei Kassbach auf Interesse stößt.
Der Reisende weicht Kassbachs Blick immer wieder aus, zahlt dann etwas überstürzt und läuft in seinem Ledermantel ins Freie. Als Kassbach auf das Trottoir kommt, ist der Mann nirgends mehr zu sehen. Vielleicht ist sein Auto direkt vor dem Eingang gestanden oder er ist in ein Taxi gestiegen.

(Warum sich Kassbach seit 72 nicht mehr für die NDP interessiert.)
Die NPD in der Bundesrepublik ist vor mehreren Jahren (nach Kassbachs Informationen) dazu übergegangen, terroristische Gruppen, die im Untergrund arbeiten, zu finanzieren. Diese Entwicklung kann die österreichische NDP nicht nachvollziehen. Der Partei fehlt der notwendige finanzielle Rückhalt, der in der Bundesrepublik gegeben scheint. Außerdem ist Kassbach die NDP zu sehr auf Legalität bedacht, was ihm lächerlich erscheint, da der Großteil der NDP-Veranstaltungen verboten wurde. Gegen diese Verbote ist dann gewettert worden, auf diese Verbote ist reagiert worden, aber nicht durch effektives Vorgehen, sondern mit eher komischen Hinweisen auf Verfassungsbruch und Ungesetzlichkeit. Ein notwendiges terroristisches Vorgehen ist zwar mit einzelnen NDP-Mitgliedern möglich, nicht aber mit der NDP als Partei.
Die parlamentarische Vertretung, an die Kassbach nie geglaubt hat, interessiert ihn überhaupt nicht. Auch die Politik des Drucks auf die FPÖ, die von einigen (ihm bekannten) NDP-Mitgliedern vertreten wird, hält er für verfehlt, weil sich die FPÖ ihres nationalen Wählerstammes sicher ist und sich aus Opportunitätsgründen zunehmend liberal anbietet. (Im letzten Jahr hat sogar ein führender FPÖ-Politiker, der offen antisemitisch auftrat, zurücktreten müssen.)
Norbert Burger selbst glaubt ja ebenso nicht an den Druck auf die FPÖ, die er nur als einstmals nationale Partei bezeichnet.

8. März. Die nicht eingeplante INITIATIVE-Besprechung findet in der *Glocke* statt. Nicht im großen Raum, sondern in einem kleinen Kabinett, das vom Gastzimmer nur durch einen Vorhang getrennt ist. Um den Tisch sind insgesamt zehn Stühle. K. wartet ab. Er hat nur wenige angerufen und herbestellt. Die anderen Anwesenden, Walter ist dabei, wissen wie Kassbach noch nicht, warum dieses unvorhergesehene Zusammentreffen erfolgt. Nachdem alle ihre Biergläser haben, beginnt K. Heute kann er sitzen bleiben.
Er lehnt sich aber doch ein wenig vor und stützt die Ellbogen auf

die Tischplatte. In der Hand hält er eine verschlossene Füllfeder, mit der er herumzeigt und seine Sätze ergänzt.
Es geht, sagt er, heute keineswegs um eine Gefährdung unserer Gruppe, unserer Unternehmungen, obwohl die Besprechung doch ernst zu nehmen ist. Wie ihr alle wißt, basiert ein Zentralpunkt unserer Anliegen auf biologischen Überlegungen. In Hinsicht auf die Fremdarbeiter sollten wir jedoch zu differenzierteren Überlegungen gelangen
Was soll das heißen? sagt einer, an den sich Kassbach von der Unterschriftenaktion beim Südbahnhof erinnern kann.
Unsere Ablehnung der Fremdarbeiter beruht auf der Gefährdung unseres Volkes: auf der Gefährdung durch Vermischung. Andererseits bringen die Fremdarbeiter, die ohne Familien nur wenige Saisonen bei uns bleiben und dann in ihre Länder zurückgehen, auch Vorteile. Mit ihnen können zum Beispiel die zwar ohnehin lächerlichen sozialen Errungenschaften ad absurdum geführt werden. Auch jede außergewerkschaftliche Aktivität der Arbeiter läßt sich mit Hilfe der Fremdarbeiter bekämpfen.
Das versteh ich nicht, sagt Walter.
Ganz einfach, sagt K., ein Beispiel: Fremdarbeiter können von der Firmenleitung als jederzeit verfügbarer Ersatz für Arbeiter, die sich in irgendeiner Hinsicht exponieren, benützt werden. Die Drohung, an Stelle eines Österreichers einen Ausländer zu placieren, ist handfest. Übrigens ist das auch die Meinung unserer Freunde. Die haben mich auch aufgefordert, diese Besprechung durchzuführen. Wir würden sozusagen mit dem ausländischen Gesindel das inländische Gesindel bekämpfen. Aus verständlichen Gründen kann ich mich nicht an alle wenden, weil das nicht jeder gleich kapieren würde. Diese neue Einschätzung, die etwa bei der NDP vollkommen unmöglich wäre, kann auch bei uns nur langsam entstehen, ist aber eigentlich unumgänglich. Das Interesse der Unternehmer, auch derer, die unsere Sache direkt unterstützen, ist nicht wegzuwischen. Das alles heißt ja noch lange nicht, daß wir *für* die Fremdarbeiter sind. Gegen die, die sich bei uns etablieren wollen, die die Staatsbürgerschaft wollen, treten wir unverändert auf. Die sind es ja auch, die wir hinsichtlich der Zerstörung des deutschen Volksgutes als gefährlich bezeichnen müssen, die sind

es auch, durch die der völkische Substanzverlust unvermeidlich wäre. Wenn sie außerdem erst die österreichische Staatsbürgerschaft haben, gelten sowieso Kollektivvertrag und so weiter und die Verwendungsmöglichkeit im zitierten Sinn ist weg. Die Leitung der INITIATIVE macht übrigens bereits eine Erhebung, in der die Zentren der Fremdarbeiter festgestellt werden, die die Absicht haben, samt ihren Familien, die sie schon da haben oder nachkommen lassen wollen, in Österreich zu bleiben. Dort setzen wir in Zukunft, würde ich sagen, unsere Aktionen an.
Wir kommen mit diesem Schritt nicht ins Fahrwasser anderer, setzt N. fort. So weit wird es bei uns nie kommen, daß wir den Ausländern Freibeträge und Beihilfen nachwerfen, wie die Sozi, oder uns anbiedern wie die Christlichen auf Stimmenfang und überhaupt die institutionellen Kirchen.
Die Wirklichkeit ist, sagt K., daß, solange wir die Fremdarbeiter in unserem Interesse brauchen können und keine Gefährdung gegeben ist, wir unser Hauptaugenmerk auf andere Schwerpunkte lenken können.
Später kündigt K. weitere Kommandoaktionen an. In absehbarer Zeit sollen die Anschläge auf die KP-Lokale wiederholt werden. Eine Sitzung der INITIATIVE findet ja, wie beschlossen, im März nicht statt. Die bisherigen Unternehmungen sind aber alle ohne Zwischenfall verlaufen, lobt K. Im April geht es überhaupt in größerem Umfang weiter.
Da ist noch viel mehr drinnen, sagt N.
Kassbach findet die Überlegungen bezüglich der Fremdarbeiter richtig, obwohl er sie doch lieber als Pestträger bezeichnet. Er selbst läßt sich ja schon lang gelegentlich von Jugoslawen helfen, weil es ihm ein anderer für das bißchen Geld, das er dafür ausgeben möchte, bestimmt nicht machen würde.

(Horst F., 32, Metzger:)
Kassbach? Muß ich den kennen? Der Gemüsehändler, sagen Sie. Ich bin Selbstversorger, Fleischfresser, wenn Sie so wollen. Über den Kassbach (heißt der wirklich so?) kann ich Ihnen beim besten Willen keine Auskunft geben.

(Mord.)
Kassbach hat Zahnschmerzen: auf der linken Seite des Unterkiefers, das ihm schon am Morgen vor dem Rasierspiegel angeschwollen erscheint. Die Dentistin, die er selten aufsucht, befindet sich auf ihrem Schiurlaub. Kassbach fährt in die Universitätszahnklinik, wo er beim Anmeldeschalter zuerst eine Karte ausfüllen muß. Dann wird er zum Zahnröntgen geschickt. Eine dickliche, aber junge Schwester läuft auf anscheinend vorgezeichneten Wegen in ihrer Gummischürze um ihn herum und streift ihn manchmal.
Im Ambulanzraum schaut ihm ein Assistenzarzt in den Mund, rüttelt an einem bestimmten Zahn und schickt ihn darauf mit der von ihm ausgefüllten Karte in den riesigen Behandlungsraum, in dem der Inhalt von dreißig Zahnarztordinationen in drei Reihen nebeneinander steht.
Der behandelnde Arzt, ein Italiener mit dunklem Schnurrbart, öffnet ihm den Zahn, der schon vom Assistenzarzt für die Schmerzen verantwortlich gemacht wurde.
Es tut nicht weh, sagt der Zahnarzt, der jetzt erst sein Licht über dem Kopf einschaltet.
Ja, sagt Kassbach. Umbringen werden Sie mich ja nicht.
Nein, sagt der Italiener und lacht. Übrigens ist ein Zahnarzt der einzige, der einen perfekten Mord durchführen könnte. Haben Sie das gewußt?
Der Italiener lacht noch immer.
Kassbach kann nichts mehr sagen und nichts fragen, weil der Arzt mit einem kleinen Handbohrer ins Innere seines Zahnes oder des Kiefers vorstößt.
Nicken Sie mit dem Kopf, wenn ich Ihnen sagen soll, warum ich das glaube, fordert der Italiener Kassbach auf. Kassbach nickt sofort.
Die erste Voraussetzung ist, sagt der Arzt, der sich von seiner eigenen Geschichte bei seiner Arbeit nicht behindern läßt, daß man sein Opfer an einen Platz bringt, an dem es verläßlich erst nach mehreren Wochen gefunden wird. Zu einem Zeitpunkt also, an dem die Verwesung schon so weit fortgeschritten ist, daß eine visuelle Identifizierung nicht mehr erfolgen kann. Wissen Sie, wie

dann die Frage der Identität, falls die Polizei eine Vermutung hat, wer das Opfer sein könnte, geklärt wird?
Kassbach dreht den Kopf von links nach rechts.
Das Gebiß des Toten wird mit dem Gebiß der Behandlungskarte des Zahnarztes verglichen. Das einzige, was also gemacht werden muß, sind einige Behandlungen, die nicht in die Kartei kommen: zusätzliche Plomben, Brücken, Wurzelfüllungen.
Er lacht wieder und zieht den Handbohrer, den er alle paar Sekunden wechselt, aus Kassbachs Zahn, riecht daran und läßt ihn in einen Kübel mit Fußhebel fallen. Aus einem undurchsichtigen Gefäß nimmt er jetzt einen anderen Bohrer, den er mit Watte umwickelt. Kassbach glaubt, daß dieser Bohrer größer als die bisherigen ist. Der Italiener läßt sich nicht aufhalten und dreht weiter, während er auf einem hochbeinigen Hocker Platz nimmt und Kassbachs Augen betrachtet.
Schmerz? sagt er.

(Kassbach im Restaurant G.)
Die Anzahl der anwesenden Personen ist nicht erheblich. Kassbach begnügt sich mit der Kellnerin, die er oft an seinen Tisch ruft, um ihr auf die Finger zu schauen. Die Gäste sitzen weiter entfernt. Ein bescheidener Erfolg: Die Kellnerin hält hinter der Registrierkasse nach schwarzen Rändern unter ihren Fingernägeln Ausschau.

(Traum III.)
Kassbach sitzt in einem Theatersaal, der gleich neben dem Gemüsegeschäft liegt, obwohl er gleichzeitig genau weiß, daß neben dem Gemüsegeschäft eine Schneiderei ist. Neben ihm sitzt eine Frau, die er nicht kennt. Auf der Bühne bewegt sich einer zu irgendeiner Musik. Das Publikum, fast nur Männer, applaudiert seiner Ansicht nach an falschen Stellen.
In der Pause schreit die Frau neben ihm laut auf und zeigt auf Kassbach, der vergeblich beteuert, die Frau nicht berührt zu haben. Schnell ist er eingekreist und wird, jetzt in einem Bett auf

dem Rücken liegend, von den Männern über ihm zerschlagen. Im Oberkiefer bleiben ihm nur die beiden Schneidezähne, an denen ihn zuletzt einer ergreift, durchs Zimmer zieht und aus dem Fenster stößt. Kassbach fällt. Er bemerkt noch, daß er aus einem oberen Stockwerk eines Hochhauses stürzt. Die Gegend mit vielen Türmen ist ihm nicht bekannt. Das Publikum auf den Gehsteigen applaudiert jetzt schon, obwohl er noch unterwegs ist.

Kassbach hat die letzten Kunden draußen und die Eingangstür vorläufig von innen zugesperrt, weil er im Geschäft noch Gemüse- und Flaschenkisten umstellt. Auch die kleinen Kartons mit den Champignons muß er so ändern, daß die schäbigen Champignons von den besseren verdeckt sind. Scheiß-Makkaroni, sagt Kassbach laut. Die Champignons kommen aus Livorno.

Auf dem Trottoir, Kassbach ist mit dem Versperren der Tür beschäftigt, berührt ihn jemand am Rücken. Es ist die Tochter der Schober, die allerdings nicht allein da ist. Neben ihr steht einer, der bestimmt noch keine siebzehn ist.
Das ist der Heinz, sagt die Liesi und schiebt ihren Begleiter vor.
Dein Freund? sagt Kassbach. Sie nickt.
Er geht ins Gym, sagt sie.
Wir möchten was besprechen, sagt ihr Freund, weil die Liesi nicht weiterspricht.
Kann ich mir nicht vorstellen, sagt Kassbach und dreht den Schlüssel ein zweites Mal um. Es gibt nichts zu besprechen.
Vielleicht interessiert es Sie doch, was wir wollen. Lassen Sie uns rein. Sie können sich das ja anhören, was es gibt.
Bitte, sagt Kassbach, sperrt die Tür wieder auf und läßt die beiden vor. Die Liesi, die ja weiß, wo der Lichtschalter ist, dreht das Licht auf.
Was ist jetzt? sagt Kassbach, der auf der zweiten Stufe stehen bleibt, um neben dem Schüler nicht zu klein zu sein.
Ich kenne die Liesi erst ein paar Tage, sagt der Gymnasiast.
Das geht mich nichts an.
Sie hat mir was erzählt.

Na und?
Ich hab mir gedacht, sagt der Gymnasiast, ich habe mir gedacht, daß Ihnen das etwas wert ist. Andernfalls …
Es gibt kein *andernfalls*! brüllt Kassbach und kommt die Stufen runter. Ihr könnt doch beide gar nichts machen.
Du schon gar nicht, du kleiner Scheißdreck, du ganz kleiner Scheißdreck!
Kassbach tritt mit dem rechten Bein nach dem Begleiter des Mädchens. Beide laufen aus dem Geschäft und über die Straße davon. Kassbach bleibt einige Minuten im Finstern. Er nimmt den Vorfall nicht ernst, weil er sicher ist, daß er seine Lage nicht klären muß. Es gibt keinerlei verwendbaren Beweis gegen ihn, außer einer eventuellen Aussage des Mädchens, dem aber als Sonderschulfall ohnehin nicht allzuviel Glauben geschenkt würde. Der Gymnasiast hat eben geglaubt, daß da leicht was zu holen ist.
Der wird die Sache bleiben lassen, denkt Kassbach. Bestimmt läßt er die ganze Sache bleiben. Die Polizeidrohung, die er nicht einmal mehr aussprechen konnte, wird er sein lassen.
Daheim zieht sich Kassbach in seine von den Meerschweinchen gesäuberte Bauhütte zurück, in der er seit letzter Woche ein paar aufeinanderfolgende Nummern einer wöchentlich erscheinenden Illustrierten hat: eine Fortsetzungsreihe über brutale Sexualgewohnheiten bei verschiedenen afrikanischen Negerstämmen. Auf das Wort *brutal* wird in jeder einzelnen Überschrift besonderer Wert gelegt.

Ich lasse sie alle raustreten aus ihren Kabinen, auf und abmarschieren, und etwas Ordentliches singen, was sie erst lernen müssen, weil es ihnen bisher niemand beigebracht hat.
Einer klagt über Fieber. Ich lasse ihn im Turnsaal vor meinem Stahlrohrsessel knien und lege ihm ein doppelläufiges Gewehr auf die Arme, die ich ihn waagrecht ausstrecken lasse. Eine Stunde, sage ich. Darauf spaziere ich um ihn herum und drehe ihm dabei auch wiederholt den Rücken zu. Er schafft nur fünfzehn Minuten, dann sind seine Arme so weit unten, daß das Gewehr auf den Saalboden poltert. Ich befehle ihm Klimmzüge auf dem Reck und fünfzig Kniebeugen.

Warum haben Sie vorhin nicht auf mich geschossen? frage ich ihn. Weil das Gewehr nicht geladen ist, sagt er.
Das stimmt nicht, sage ich, hebe die Waffe auf und erschieße ein Deckenlicht, das sich hinter einem kreisförmigen Gitter befindet, das vor Beschädigung durch Bälle schützen soll.

(TV.)
Kassbach mag alle Fortsetzungsserien, die pro Sendeabend abgeschlossene Handlungen bieten. An den Freitagen, Samstagen und vor Feiertagen schaut er sich (wenn möglich) die Nachtfilme an. Bevorzugt sind amerikanische Western mit Indianerdezimierungen. Sein Lieblingsfilm ist *Der letzte Befehl* mit John Wayne. Von diesem Film hat es im Fernsehen sogar eine Wunschwiederholung gegeben. Außerdem versäumt Kassbach fast keine Sportsendung.

Kassbach setzt sich ins Auto. Am Geschäft schiebt eine langbeinige Frau einen Kinderwagen vorbei. Kassbach schaut ihr durch die Windschutzscheibe nach. Fortgeschritten Schwangere und junge Mütter (hinter ihren Kinderwagen) reizen ihn besonders.
Werner hat herausbekommen, daß der Besitzer des Hotels St. dem jugoslawischen Kellner fristlos gekündigt hat, weil er doch an eine Gastarbeiterfehde geglaubt hat, die sich möglicherweise in seinem Hotel fortsetzen hätte können. Die Kellnerin hat er auch gleich entlassen. Einem Kegelabend steht also nichts im Weg. Kassbach wartet auf dem Gehsteig vor dem *Fuhrmann*, er geht erst gar nicht hinein. Der Kellner bei den Kegelbahnen ist derzeit ein langer Student, der aushilfsweise da ist.
Auch keine viel bessere Bedienung, sagt Erwin.
Heute wird auf „Abräumen“ gekegelt. Kassbach beginnt schon beim zehnten Schub zu schwitzen. Der Schweißfleck auf der linken Seite seines Hemdes reicht fast bis zum Nabel. Auf der Bahn zwei kegeln mehrere Frauen zwischen dreißig und vierzig. Kassbach versucht mit einer, wenn er nicht gerade an der Reihe ist, ein Gespräch anzufangen. Einige Minuten hält er, ohne hinzusehen, ihre Hand. Dann bemerkt er erst die Größe ihrer Hände und setzt

sich auf die andere Tischseite. Werner schreibt sich von einer Brünetten die Telefonnummer und die Adresse in einen Taschenkalender. Kassbach merkt sich die Telefonnummer und memoriert sie in Gedanken. Vielleicht ruft er auch an.
Je mehr Kassbach trinkt, desto mehr bemüht er sich, genauer zu kegeln, was er mit immer mehr Schwung probiert. Kurz vor dem Weggehen kann er den rechten Arm nicht mehr heben.
Beim Hinausgehen, schon hinter der Windfangtür, begegnet ihnen einer, der einen gestreiften Blazer anhat und einen kleinen Hund an der Leine führt. Der Mann, sichtlich auch betrunken, stolpert gegen Erwin und versucht sich mit kraftlosen Arm- und Handbewegungen zu entschuldigen. Erwin rennt ihm sein rechtes Knie zwischen die Beine. Gewärmte Ader, sagt er und putzt sich seine Hose beim Knie ab, bevor er in seinen Fiat steigt. Kassbach verabschiedet sich durch ein Seitenfenster und geht in die nächste Quergasse, in der er den Bus geparkt hat.
Im Auto fängt er (summend) immer wieder das gleiche Lied an. Erwin schreibt manchmal Kurzgeschichten für Wochenblätter und Sonntagsbeilagen. Seiner Frau gehört eine Parfümerie.
Um elf ist Kassbach auf seinem Streifzug durch den Bezirk. Die Lehrerin hat ihr Kind schon. Sie muß es mindestens einen Monat zu früh bekommen haben. Durch das unverhängte Fenster sieht er ein weißes Gitterbett und daneben Nylonsäcke mit Wegwerfwindeln. Die Lehrerin hat das Ansaugglas der elektrischen Milchpumpe an ihrer Brust.
Daheim läßt Kassbach die wimmernde Katze ins Freie.
Die Telefonnummer der Brünetten hat er doch vergessen.
15. März. Freitag. Kassbach kommt gegen acht Uhr. Er zieht die dunkle Hose im Wohnzimmer aus, hängt sie über einen Stuhl und schaltet den Fernsehapparat ein. In ein paar Minuten sind die täglichen Sportnachrichten. Dann holt er sich zwei Semmeln aus der Brotlade, Zigeunerkäse und eine Flasche Schwechater aus dem Eiskasten. Als er ins Zimmer zurückkommt, sitzt seine Frau auf der Couch. Sie hat den Fernseher wieder abgestellt. Kassbach geht auf sie zu.
Der Georg fällt durch, sagt sie.
Fällt durch? wiederholt er.

Ein Brief des Klassenvorstandes ist gekommen. Die Chance, daß er nicht repetieren muß, ist minimal.
Wo ist der Brief? sagt Kassbach. Und lauter: Wo ist er denn so schlecht.
In mehreren Fächern, sagt der Georg, der beim Fenster steht. Kassbach hat ihn bisher nicht bemerkt.
Trottel, sagt Kassbach. Wir nehmen eine Nachhilfe.
Für eine Nachhilfe ist es zu spät, sagt Georg und geht vom Fenster weg.
Zu spät? sagt Kassbach. Du fliegst also auf jeden Fall durch?
Ja, sagt die Kassbach, die sich während des Nachmittags mit dieser Gewißheit vertraut gemacht hat.
Volltrottel, sagt Kassbach jetzt. Warum hast du nicht rechtzeitig was gesagt?
Warum hast du dich nicht früher drum gekümmert?
Du bist alt genug, sagt Kassbach. Habe ich jedenfalls geglaubt. Was stellst du dir vor? Was willst du tun?
Wiederholen, sagt Georg. Die Klasse wiederholen.
Da mußt du zuerst mich fragen! schreit Kassbach. Ich muß das ja zahlen.
Was willst du tun? sagt jetzt Georg. Soll ich mich auf die Knie werfen?
Kassbach kommt langsam in Fahrt. Georgs Gelassenheit und auch die ihm sichtbare Gelassenheit seiner Frau machen ihn wütend. Er rennt auf den Gang und holt ein Verlängerungskabel, mit dem er auf Georg losschlagen will. Georg hat eine Nagelschere in der linken Hand. Kassbach entdeckt sie rechtzeitig.
Was soll das? schreit er weiter und geht einen Meter zurück. Willst du mich vielleicht niederstechen?
Georg sagt nichts. Kassbach erkennt die neuerlich geröteten Augen seines Sohnes, der jetzt direkt unter dem dreibeinigen Luster steht. Vera ist nicht mehr im Zimmer.
Du hast wieder was genommen! brüllt Kassbach, der geglaubt hat, mit seiner mündlichen Verfügung sei dieses Problem erledigt. Du wirst nicht mehr aufhören können, sagt er.
Jederzeit, sagt Georg. Wenn ich will.
Warum hast du dann nicht aufgehört?

Ich will nicht, sagt Georg. Er geht wieder zum Fenster und bleibt vor dem gemusterten Seitenstreifen des Vorhangs stehen.
Du denkst überhaupt nicht mehr, sagt Kassbach. Dann brüllt er wieder: Du kannst überhaupt nicht mehr denken!
Blöd wirst du werden! Du kannst ja ein trottelhaftiger Hilfsarbeiter werden! Aber bei mir nicht! Hörst du? Bei mir nicht!
Georg reagiert überhaupt nicht mehr. Er steht da und schaut an Kassbach vorbei. Als ob er schielen würde, denkt Kassbach. Georg läßt die Nagelschere aus, die sich halb geöffnet in den Teppich spießt. Kassbach kommt sofort wieder näher und schlägt mit dem Kabel auf Georg ein, der sich auf den Boden fallen läßt und auf allen Vieren zur Gangtür flüchtet. Dort richtet er sich auf, fängt einen Schlag mit dem rechten Unterarm ab und läuft über den Schotterweg auf die Straße. Kassbach verfolgt ihn bis zum Zaun.
Georg bleibt einen Moment stehen. Du willst mich umbringen! schrie er zurück. Und Kassbach spürt, daß es wahr ist. Er schleudert das Kabel, das er noch immer in der Hand hält, ins Gras. Dann bemerkt er, daß er nur die graue Unterhose anhat, und beeilt sich ins Haus zurück.
Seine Frau sitzt heulend in der Küche. Kassbach sagt: Das hat noch gefehlt: das hat gerade noch gefehlt. Er will ihr die Hände vom Gesicht wegziehen. Weil es ihm nicht gelingt, schlägt er mit der Faust auf den Tisch und tritt die Abfallkübel um. Blöde Kuh, schreit er und verläßt die Küche. Saublöde Kuh!

Beim Auf- und Abgehen auf dem Wohnzimmerteppich fallen ihm immer wieder die gleichen Bilder ein: Wie er früher nach irgendwelchen Anlässen Georg verprügelt hat. Der hat dann immer zu lachen begonnen, worauf Kassbach noch stärker hingeschlagen hat. Dann hat Georg noch lauter gelacht.
Schließlich hört Kassbach einen laufenden Motor vor dem Haus. Im gleichen Moment weiß er, daß es der VW-Bus ist, der vor der Garageneinfahrt steht. Kassbach kommt zu spät. Der Wagen ist bereits außer Sichtweite. Der Georg muß die Autoschlüssel aus der Hosentasche genommen haben. Weg sind sie jedenfalls. Beim Abfahren hat der VW-Bus die Grundstückseinfahrt gestreift und ein abgestelltes Moped umgestoßen. Kassbach stellt das Moped

wieder auf. Er will die Polizei anrufen. Dann wartet er aber doch noch zu.
Gegen Mitternacht kommt der schon erwartete Anruf. Eine Schwester des Allgemeinen Krankenhauses meldet sich. Georg hat mit dem Wagen nach einer Kurve einen Sattelschlepper gerammt. In Anbetracht der Schwere des Unfalls, sagt die Schwester, ist Georg nur leicht verletzt: Knöchelbruch, dreifacher Beinbruch, Abschürfungen, Platzwunden auf der Stirn und der rechten Wange. Innere Verletzungen dürfte es keine geben. Kassbach fährt mit dem Taxi, nach dem er telefoniert hat, zum Unfallort. Vera Kassbach fährt ins Krankenhaus.

Der Wagen ist kaputt. Totalschaden. Georg muß voraussichtlich vier Wochen im Spital bleiben. Nicht nur wegen des Bruches und des notwendigen Liegegipses. Der Arzt hat Einstiche an beiden Armen gefunden, die von Injektionen herrühren könnten. Die Oberschwester hat Kassbach gesagt, man müsse erst die Blutbefunde abwarten. Auf jeden Fall habe Georg ein rezeptpflichtiges Herzstärkungsmittel in den Taschen gehabt. Der Anstaltspsychiater sei bereits benachrichtigt.
Kassbach geht nicht ins Krankenhaus. Er will sich dort nicht sehen und sich für irgendetwas verantwortlich machen lassen. Bestimmt wissen auch die anderen Patienten im gleichen Zimmer, was mit Georg los ist. Die wahrscheinlichen vier Wochen Krankenhausaufenthalt hält Kassbach für eine günstige Abgewöhnungsmöglichkeit. Er selbst beabsichtigt, in den nächsten Tagen das Zimmer Georgs noch einmal zu durchsuchen und zu säubern. In Zukunft wird er Georg endgültig ernsthaft behandeln.

(Frauen.)
Das sind Wesen, die eine frische Zahnpastatube in der Mitte zusammendrücken, was sie für Kassbach gleich für jede nichtsexuelle Tätigkeit disqualifiziert.

(Leopoldine T., 42, Gemeindebedienstete:)
Zuerst habe ich beim Fliegel gekauft, dann bei der Storz.
Jetzt habe ich gar keine andere Wahl, als beim Kassbach zu kaufen. Milch, Joghurt und diese Sachen hol ich mir weiterhin im Supermarkt, wo nämlich das Gemüse nie frisch ist. Zum Kassbach geh ich ganz gern, der wird nie unfreundlich oder frech, wie die Kassiererinnen im Supermarkt, die glauben, daß sie weiß Gott was sind, obwohl keine länger als drei Monate bleibt. Bei mir können sie das sowieso nicht, weil ich bin gleich mit der Beschwerde beim Filialleiter. Freilich, die Storz hat ihr Geschäft näher gehabt.

(Witze.)
Bei den Treffen Kassbachs mit seinen Freunden sind Witze ein Hauptbestandteil. In den Witzen, die Kassbach mit Vorliebe erzählt, gibt es stets Einzelvertreter gesellschaftlicher, beruflicher oder rassischer Gruppen, die stets typische Eigenschaften haben, die Kassbach auch außerhalb der Witze in seiner selektiven Wahrnehmung durchaus bestätigt findet: der Student, der Vertreter, der Graf, der Arzt, der Gammler, der Russ, die Frau, der Funktionär, der Jud.

Am Montag kauft Kassbach einen anderen Lieferwagen: einen drei Jahre alten Transit, den er vor dem endgültigen Kauf vom ÖAMTC überprüfen läßt. Morgen ist das KP-Lokal zum zweiten Mal dran. Diesmal wird Kassbach von Walter verständigt. Was genau geschehen soll, erfahren sie aber beide erst in der Werkstatt, in der sie sich wieder einfinden sollen.

Kassbach trifft in einem Wirtshaus in der Hollandstraße auf Walter, der tatsächlich noch keine Ahnung hat, was passieren soll. Um eine bloße Wiederholung wird es sich nicht handeln, hat K. angeblich am Telefon gesagt. Kassbach bestellt sich einen Lungenbraten und anschließend ein Beuschel mit Knödel. Eine Zeit lang lesen sie in einschlägigen Zeitschriften und Broschüren, weil die-

ses Lokal ebenfalls von den Tapferkeitsmedaillenträgern und den Kameradschaftsbündlern bevorzugt wird. Jugoslawen dürfen hier nicht rein. Hunde auch nicht.
Die meisten Tische sind leer. Nebenan ist eine Bridge-Runde: Mittelschulprofessoren; einige davon sicherlich schon pensioniert. Zwischendurch führen sie Gespräche über die richtige Führung von Schülern und sind schnell einer Meinung. Einer spricht immer wieder von der Schaffung notwendiger Eliten. Hinter Kassbach summt der Ventilator. Auf der Straße dröhnt ein Lastwagen, der schließlich abgestellt wird.
Einige Minuten hindurch fühlt sich Kassbach beobachtet: ein Gefühl, das er sonst nur anderen aufzwingt. Er kann keine Augen entdecken, die auf ihn gerichtet sind. Das Licht ist beinahe trüb. Der Kellner wartet hinter dem Schanktisch bei einer Zigarette die Handzeichen der Gäste ab.
Als Kassbach die wenigen Schritte vom Eingang des Wirtshauses zum Wagen macht, glaubt er im Dunkeln mehrere Bewegungen und Geräusche wahrzunehmen, die gleich wieder enden. Es hat geregnet. Trotzdem riecht es mehr nach verwesten Vögeln als nach Regen. Einer mit einem hellen Anzug geht schnell vorbei und biegt in die nächste Quergasse. Kassbach ist sich nicht im klaren, warum solche Kleinigkeiten jetzt seine Aufmerksamkeit vorfinden.
Auf der anderen Straßenseite umarmen sich zwei in einer Hauseinfahrt. Kassbach überlegt, ob er einen Pfiff machen soll. Er hört eine Katze. Dann ist er im Wagen, läßt Walter auf der anderen Seite einsteigen und den Motor aufheulen, damit die Geräusche endlich weg sind. Der Motor stirbt ab. Kassbach beeilt sich, noch einmal zu starten.
Der Hermann steht schon vor der schweren Schiebetür.
Er macht eine Grußbewegung mit der rechten Hand und schiebt das Tor gerade so weit auf, das Kassbach in die Halle fahren kann. Drinnen wiederholt Hermann die Begrüßung mit flachen Handschlägen auf Kassbachs und Walters Rücken.
Er sagt: K. hat eben angerufen. Wir gehen diesmal rein.
Rein in das Lokal.
Warum? fragt Walter.

Wir brauchen Material, sagt er. Vielleicht finden wir was. Mitgliedsverzeichnisse, Mitgliedsbücher, Flugblätter, Abonnenten-Listen.
Ja, sagt Kassbach. Hoffentlich ist der Rollbalken nicht unten.
Der ist nie unten, sagt Hermann. Das ist bekannt. Die Auslagen sind jetzt beide erneuert. Die nehmen wir nur, wenn uns Zeit bleibt. Die Tür mach ich selbst, sagt er. Das ist kein Problem.
Hermann hat das Autoradio im Cortina eingeschaltet und die Tür des Wagens geöffnet. Während des Abwartens trinkt er zwei Flaschen Bier leer. Kann nicht schaden, sagt er zu Walter, der sich die abgestellten und zum Teil ziemlich beschädigten Autos anschaut. Kassbach fordert Hermann auf, ihm das Getriebeöl des Transit zu kontrollieren und fährt über eine der beiden Gruben. Hermann steigt hinunter. In Ordnung! schreit er dann zwischen den Rädern durch. Zuletzt spritzt er auch noch den Motor sauber. Walter hat eine nasse Stirn und tupft mit einem gestickten Taschentuch hin.
Abfahrt ist erst um zwei.

Genau gegenüber dem Parteilokal ist eine Lücke in der Autoreihe. Hermann dreht das Licht ab, lehnt aber seine Tür nur an. Die Eingangstür ist wirklich schnell erledigt. Hermann sprengt mit einer Stange das Holz rund um die Schnalle, was nur ein kurzes Geräusch verursacht. Innen steckt ein Schlüssel. Keiner der drei bemerkt den Schlüssel und was das Stecken des Schlüssels bedeutet. Walter leuchtet mit der Stablampe das Zimmer aus, während Hermann im Eingang stehen bleibt: ein kleiner, länglicher Raum, zwei Tische, ein Schrank, ein Stoß verschnürter Zeitungen. In der rechten hinteren Ecke befindet sich ein kleiner Kohlenofen. An der hinteren Wand ist eine Tür. Walter zieht an einer Schreibtischlade, die nicht versperrt ist, in der aber nur Klebematerial und einige Bleistifte liegen. Gleich darauf geht die hintere Tür auf, und das Licht wird eingeschaltet. In der Tür steht der Mellach, der durch die plötzliche Helligkeit noch mehr als Kassbach und Walter geblendet scheint. Kassbach reagiert. Er feuert zweimal auf Mellach, der in das Dunkel des zweiten Zimmers zurückfällt und dabei mit dem Kopf die geöffnete Tür streift. Keiner sagt

was. Sie rennen über das Kopfpflaster zum Wagen. Hermann (am Lenkrad) beginnt gleich nach den ersten zehn Metern zu schreien. Verrückt geworden! Du bist verrückt geworden! Verrückt geworden!
Der hat mich gekannt, sagt Kassbach.
Komplett verrückt geworden! schreit Hermann.
Was hätte ich tun sollen?
Vielleicht hat er dich gar nicht erkannt?
Er hat mich erkannt. Das spür ich doch.
Ins Licht hättest du schießen können.
Idiotisch, sagt Kassbach, der dann schweigt und sich das Bild vorzustellen versucht, auf das er reagiert hat. Walter macht ihm keine Vorhaltungen. Er schaut aus dem Seitenfenster.

In der Werkstatt beeilt sich Kassbach in seinen Lieferwagen. Hermann flucht noch immer und nimmt sich ein Bier aus der Kiste. Kassbach fährt einige Minuten, hält an, überprüft wieder seine Erinnerung und überzeugt sich so noch mehrmals, daß er richtig gehandelt hat.
Auf der Couch ist er mit Situationen beschäftigt, die eintreten hätten können, wenn er nicht geschossen hätte.
Er redet sich ein, daß Mellach tot ist. Er sagt sich das so oft vor, bis er es endgültig glaubt. Der Revolver ist jetzt wieder im Schreibtisch. Eingeschlossen. Und noch immer versucht Kassbach, mit genügender Ruhe sich einen Überblick zu verschaffen, das Geschehen zu ordnen, wo mögliche Gefahren aufzustöbern und zu verneinen. Er duscht sich und liegt bis zum Aufstehen wach.
Die erste Nachrichtensendung. Kassbach hört sie im Regionalprogramm. Der Mellach ist tot. Die Täter sind unbekannt.
Unmittelbar danach ruft Walter bei Kassbach an und fragt ihn, ob er die Nachrichten gehört hat.
In der Küche ist Kassbach stumm, obwohl seine Frau schon auf ist und neben ihm hantiert. Der Mellach ist tot.
Um sieben, im Geschäft, hört Kassbach die Nachrichten schon so, als ob er überhaupt nichts mit ihnen zu tun hätte. Die Meldung ist gleich geblieben.

Um zehn ruft K. an. Er sagt: Wir reden nichts drüber. Ich nehme an, daß es notwendig war. Es war doch notwendig?
Ja, sagt Kassbach. Dann: Was ist mit den beiden anderen Lokalen?
In Ordnung, sagt K. Wir haben Flugblätter und eine Menge anderes Zeug, das erst gesichtet werden muß. Es dürfte aber leicht ausreichen.
K. legt auf. Kassbach hält den Hörer noch in der Hand, bis ihn Sekunden später die Kratky in dieser Haltung stört.

(Dr. Friedrich L., 53, Abteilungskommandant der Sicherheitswache:)
Diese Geschichte soll nicht zu aufgeblasen werden durch die Berichterstattung. Ich bin der Meinung, hier hat sich eben wieder einmal das Zusammenspiel von Rechtsradikalen und Kommunisten gezeigt. Gerade in der jetzigen Situation der Umorganisation innerhalb des Polizeiapparates könnte das ungemein schädlich sein, weil ohnehin die Behauptungen sich häufen, daß die Sicherheitsverhältnisse schlechter werden.
Tatsache ist, daß das in keiner Weise zutreffend ist, gerade in dem Bezirk, wo das jetzt passiert ist. In dem Bezirk schon gar nicht. Auch die Wachzimmerschließungen, die nur im Zusammenhang mit der Umorganisation betrachtet werden können, bedeuten nicht den Verlust, die Preisgabe der öffentlichen Sicherheit. Ich kann Ihnen sagen: Leute, die sich nach Einbruch der Dunkelheit aus Angst nicht mehr aus ihren Wohnungen trauen, gibt es in jeder anderen Stadt auch. Daraus Rückschlüsse auf die bestehende Sicherheit ziehen zu wollen, ist einfach dumm. Vor allem in dieser Stadt, in der über ein Viertel aller Verbrechen der Diebstahl von Zeitungen am Sonntag ist. Nehmen Sie doch andere Städte: etwa Paris, da gibt es nur 46 Wachzimmer, in München sogar nur 34. Wir haben immer noch fast hundert im ganzen Stadtgebiet.
Es wird, das ist klar, genügend Leute geben, die *jetzt* Stimmung gegen die Polizei machen werden, aber eine *Polizeimisere* können auch die nicht herbeilügen. Erst in jüngster Zeit ist eine großzügige Verjüngung erfolgt. Das Zusammenwirken der alten Hasen,

wenn ich so sagen darf, mit den jungen Draufgängern ist jetzt schon mehr als zufriedenstellend. Im letzten Monat zum Beispiel wurden zwei Diebsbanden und drei Einbrecher, die verschiedene Elektrogeräte im Wert von fast einer Million Schilling erbeutet haben, im Bezirk festgenommen.
Was wir brauchen, ist Unterstützung, die Bereitschaft der Bevölkerung zur Hilfeleistung. Die KP wird natürlich aus dem Tod des Mellach Kapital schlagen wollen. Aber gerade in diese gefährliche Nähe der kommunistischen Argumentation sollte die verantwortungsbewußte Berichterstattung nicht geraten. Machen wir uns nichts vor. Eine Gefährdung durch Vorfälle wie die, die zum Tod des Leopold Mellach geführt haben, ist nicht gegeben. Der eigentliche Staatsbürger ist da nicht betroffen. Das sind doch Vorfälle, die sich am Rande jeder demokratischen Gesellschaft abspielen.

(Mellach.)
Mehr als zwei Jahre hat er Zeitungen ausgetragen. Auf Betreiben des Verantwortlichen für die Zeitungszustellung ist er nach der Weihnachtsfeier für Zeitungszusteller der kommunistischen Partei beigetreten. Als er vorübergehend kein Zimmer hatte, wurde ihm, bis zur Beschaffung einer anderen Unterkunft, von der Bezirksleitung das Übernachten auf einer Luftmatratze im Parteilokal gestattet.

(Arthur F., 56, Redakteur der *Volksstimme*:)
Innerhalb weniger Wochen ist es zu mehreren Anschlägen auf Bezirkslokale unserer Partei gekommen. Die Behauptungen von offizieller Seite, daß es sich dabei lediglich um Einzelerscheinungen, sozusagen um Verbrechen ohne Zusammenhang handelt, sind von Anfang an unglaubwürdig gewesen, jetzt aber bereits mehr als lächerlich.
Es ist keine Hypothese, wenn ich hier sage, daß es sich keinesfalls um *Unzusammenhängendes*, sondern um den *Beginn* eines umfassenden faschistischen Planes handelt, dessen Ziel es (nach auslän-

dischen Vorbildern) ist, Unordnung zu verursachen, um nach Ordnung rufen zu können.
Es scheint gewiß zu sein, daß die jetzt einsetzende Terrorwelle, bei der der Tod von Menschen durchaus einkalkuliert ist, bereits Ende des letzten Jahres beschlossen worden ist. Den an sich zersplitterten Nationalen ist es gelungen, eine neue Organisationsform zu finden, die ausschließlich im Untergrund funktioniert.
Das fällt offensichtlich eben jetzt leicht, nachdem etwa die nationale FPÖ seit Jahren zum akzeptablen, demokratischen Partner aufgewertet wird. Die FPÖ wurde salonfähig gemacht, und das unter dem Parteiobmann, für den der NS-Minister und erster Obmann der FPÖ Reinthaller immer noch als Vorbild gilt, unter dem Parteiobmann, der von Unbelehrbaren spricht, die die österreichische Nation gewaltsam in Szene setzen wollen. Im Schatten der aufgewerteten FPÖ wurden selbstverständlich auch die anderen nationalen und rechtsradikalen Gruppen und Grüppchen gestärkt; vermutlich eben die, von denen sich der FPÖ-Obmann nicht abgrenzen will. Die FPÖ hat allerdings wirklich einen Wandel durchgemacht, einen Wandel aus Opportunitätsgründen. Das verbale Instrumentarium hat sich geändert, die nationalen Wurzeln sind nach wie vor gegeben. Die FPÖ ist eben immer noch meilenweit davon entfernt, eine FDP, wie sie sich heute in der Bundesrepublik präsentiert, zu sein.
In den meisten Fällen der letzten Wochen ist die neofaschistische Provokation für jeden sichtbar gewesen. Beim Überfall auf ein Bankinstitut wurde allerdings nach bewährter Manier versucht (durch nachfolgende telefonische Mitteilungen) von der eigentlichen Spur abzulenken. Das Ablenkungsmanöver mißlang. Es steht längst fest, daß auch dieser Bombenanschlag ein Teil des Planes der Rechtsradikalen und ihrer Hintermänner ist.
Die Verfolgung der faschistischen Attentäter durch die Behörden kann nur als lax bezeichnet werden, denn noch immer gibt es angeblich keine brauchbaren Hinweise. Daß hinter diesen Anschlägen jene gesellschaftlichen Interessengruppen stehen, die den Faschismus als Ordnungsmacht brauchen, um ihre Herrschaft weiter ausbauen zu können, ist kein Geheimnis. (Auch die sicher nicht radikale FPÖ ist schon lange das liebste Kind der Industriellenver-

einigung, da sie in gesellschaftlichen Fragen konsequent folgsam ist.)
Überfälle, Bombenanschläge, Zerstörung von Einrichtungen demokratischer Organisationen: Damit soll die Bevölkerung unsicher gemacht und in Angst und Schrecken versetzt werden. Seit Jahren wird die faschistische Gefahr, das ist ja in Österreich bereits Tradition, unterschätzt und verharmlost. Die wirkliche Tragweite dieser Gefahr muß jetzt endlich auch von der Regierung richtig eingeschätzt werden. Ich habe schon festgestellt, daß es sich bei den bisher erfolgten Anschlägen nur um einen Anfang handeln dürfte. Der Faschismus hat nur äußerlich andere Formen angenommen, die Volksfeindlichkeit und die blutigen Praktiken sind geblieben.

Ich sitze vor dem Fernsehschirm, auf dem das Turnzimmer zu sehen ist. Ich sage der K. aus Zelle 15 Positionen, die sie einnehmen soll, und Tätigkeiten, die sie ausführen soll. Bei den von mir angesagten Grätschsprüngen zögert sie. Nach einigen belehrenden Ohrfeigen des Buckligen kommt sie jedem geäußerten Wunsch augenblicklich nach.
Ich werde mir ein richtiges Haus kaufen, auch wenn es dieser Wirklichkeit nie entsprechen kann. Etwas größer als Walters Bauernhaus müßte es auf jeden Fall sein.

Der 21. März. Walter ist verhaftet worden. Die Nachricht kommt von Werner. Einzelheiten weiß er allerdings nicht.
Kassbach versucht den ganzen Tag über vergeblich K. zu erreichen. Am Abend weiß er, daß es sich nur um eine blöde Geschichte gehandelt hat. Walter hat nach einem leichten Verkehrsunfall den Unfallgegner niedergeschlagen.
Eine blöde Geschichte. Aber immerhin keine Bestätigung von Kassbachs Befürchtungen.

(Situation.)
Kassbach ist kaum von einer Seite zu gefährden. Sein Selbstbe-

wußtsein ist nicht wesentlich beeinträchtigt. Mehrere Wochen wird er seine Tagesabläufe besonders in Ordnung halten, jede Unordnung vermeiden, obwohl die auch niemandem auffallen würde. Er ist bemüht, keine Handlung, die man von ihm erwartet, auszulassen. Er geht also weiter zum Kegeln und schläft zwei- oder dreimal in der Woche auf der Couch.

(April.)
Ins Krankenhaus geht Kassbach nicht. Am 2. April kann er die Lehrerin über zwei Stunden beobachten; und ihren Freund, der an den Kleidern der Lehrerin riecht, während sie im Bad ist. Am 5. April knickt er einen Scheibenwischer an einem älteren Simca. Am 8. April findet er in Georgs Lesebuch den Satz: *Die Revolution zündet Bäume und Häuser an.* Am 16. April gewinnt er 123 Schilling beim Kegeln. Am 29. April wird Georg aus dem Krankenhaus entlassen.

Sitzung der INITIATIVE. Montag, der 27. April. Kassbach kommt wenige Minuten zu spät. Ungefähr 25 Kameraden sind anwesend. K. berichtet vom Erfolg der einzelnen Aktionen. Außer den Überfällen auf die Parteilokale wurden mehrere Flugblattaktionen gestört oder verhindert, ein Denkmal der Widerstandskämpfer zerstört, eine Länderbankfiliale gesprengt, ein sozialdemokratischer Journalist und ein ORF-Redakteur aufgesucht.
Dann erklärt K. Zweck und Vorgangsweise des nächsten Schrittes, der am 1. Mai, während der sozialdemokratischen und kommunistischen Aufmärsche und direkt danach erfolgen soll. Eine günstige Gelegenheit jedenfalls, um anderen die Verantwortlichkeit zuzuschieben. In der Nacht vom 30. April auf den 1. Mai ist die Sprengung der Heldenplatztafel für die Opfer des Nationalsozialismus vorgesehen. Am 1. Mai sollen auf dem Rathausplatz, vor und neben der SPÖ-Tribüne, an verschiedenen Stellen Tumulte ausgelöst und Material zurückgelassen werden. Auch dem danach üblichen Demonstrationszug verschiedener linker Studentenorganisationen soll durch eingeschleuste Lehrlinge eine Richtung ge-

geben werden. In der Nacht vom 1. auf den 2. Mai werden zwei Sprengsätze in Bankfilialen im ersten und vierten Bezirk zur Explosion gebracht. Für glaubwürdige Spuren ist diesmal ja gesorgt.

In der Schule wissen sie noch nichts Genaues über Georgs Unfall. Kassbach hat gleich am 18. März eine schriftliche, allgemein gehaltene Entschuldigung an den Klassenvorstand abgeschickt. Am 29. April fährt nur Vera Kassbach mit einem Taxi zur Abholung ins Krankenhaus. Georgs rechtes Bein steckt in einem frischen Gehgips.

Als Kassbach heimkommt, ist Georg in seinem Zimmer vor einem Lautsprecher, der gestern noch nicht da war, der mit einem Kassettenrecorder verbunden ist. Um sieben kommt Georg auf den Gang und geht ins Bad, das er von innen versperrt. Kassbach wartet vor der Tür. Nach zehn Minuten klopft er an die Milchglasscheibe. Georg ruft: gleich! Kassbach setzt sich wieder ins Zimmer und hält eine Zeitung, bis Georg die Badezimmertür öffnet und ebenfalls ins Zimmer kommt. Er will nur ins Vorhaus durchgehen, stürzt aber über den Zeitschriftenständer. Kassbach steht auf. Georg sitzt zwischen den Zeitungen und Illustrierten, die er übereinander zu legen versucht. Kassbach steht jetzt neben ihm und zieht ihn an den Haaren hoch. Als er bemerkt, daß Georg einknickt, läßt er ihn wieder auf den Teppich fallen.
Georg zieht sich an der Tischkante in die Höhe und torkelt ins Vorzimmer, wo er auf der zweiten Stufe der Treppe seinen linken Wildlederschuh anzieht.
Willst du jetzt weg? sagt Kassbach.
Ja.
Du kannst gar nicht, sagt Kassbach. Das seh ich.
Doch.
Ich verbiete es.
Wie willst du mich denn aufhalten? sagt Georg.
Ich verständige die Polizei, droht Kassbach und geht zum Schrank, auf dem das Telefon steht.
Geh vom Telefon weg, sagt Georg.

Kassbach bleibt stehen und nimmt den Hörer in die linke Hand.
Geh vom Telefon weg! Hörst du nicht! – Georg nimmt das Geflügelmesser, das neben den geordneten Tellern und Bestecken auf dem Tisch liegt. Kassbach macht eine halbe Drehung, geht rüber zum Schreibtisch, lehnt sich an die Schreibtischkante und dreht den Schlüssel der obersten Lade nach links. Er nimmt den Revolver an sich. Georg, der das Messer eben auf die Tischplatte zurücklegen will, sieht das und behält das Messer in der Hand.
Eine Gelegenheit! schreit er. Jetzt ist es ganz leicht! Jetzt brauchst du nur schießen!
Georg kommt auf Kassbach zu und hält das Messer vor seinem Brustkorb. Im Vorhaus sind die Schritte von Vera zu hören. Kassbach entsichert.
Schieß doch! schreit Georg, der nicht stehen bleibt. Schieß doch! Jetzt mußt du doch schießen!

EINE BIBLIOTHEK DER ÖSTERREICHISCHEN ZEITGENÖSSISCHEN LITERATUR

HERMANN SCHÜRRER
EUROPA: DIE TOTEN HABEN NICHTS ZU LACHEN
160 Seiten, Broschur
ISBN 3-216-30133-8

Hermann Schürrers legendärer Prosatext ist philosophisch von großem Gewicht und daher, wie viele bedeutende Texte der Moderne, komisch grotesk, zynisch und heiter

WERNER KOFLER
GUGGILE: VOM BRAVSEIN UND VOM SCHWEINIGELN. EINE MATERIALSAMMLUNG AUS DER PROVINZ
144 Seiten, Broschur
ISBN 3-216-30135-4

Die totale Autobiographie einer Jugend in den fünfziger Jahren

ERNST HINTERBERGER
MUNDL: EIN ECHTER WIENER GEHT NICHT UNTER
288 Seiten, Broschur
ISBN 3-216-30134-6

Die Originalfassung des »Mundl-Romans« – eine Chronik der Vorstadt aus den sechziger Jahren

GUSTAV ERNST
EINSAME KLASSE
304 Seiten, Broschur
ISBN 3-216-30159-1

Eine nicht alltägliche Ehe – die legendäre Arena-Bewegung – Österreich in den siebziger Jahren